이해력이 쑥쑥
교과서 맞춤법
띄어쓰기
100

쑥쑥?

이해력이 쑥쑥 교과서 맞춤법 띄어쓰기 100

글 **한해숙** | 그림 **이예숙**

아주 좋은 날

맞춤법과 띄어쓰기는
우리가 말하고 글쓰기를 할 때
지켜야 하는 약속이야!

투덜이는 오늘 국어 시간에 받아쓰기 시험을 봤어. 엄마가 어제 연습하자고 하셨지만 큰소리를 뻥뻥 치면서 텔레비전만 봤지.

그렇게 자신만만했던 투덜이가 집에 돌아와서 이렇게 물었어.

"엄마, 받아쓰기 시험을 왜 봐야 해요? 그냥 무슨 뜻인지 알고 말만 통하면 되는 거 아니에요? 맞춤법, 띄어쓰기를 왜 공부해야 하는지 정말 모르겠어요."

엄마가 받아쓰기 노트를 펼쳤더니 예상했던 대로 점수가 좋지 않았어. 10문제 중에서 4문제를 틀렸거든. 친구들은 어디가 틀렸는지 알겠어?

동생의 감기가 빨리 <u>낳으면</u> 좋겠습니다.

→ 나으면

개나리꽃을 <u>꺽어서</u> 귀에 <u>꼿아</u> 주었습니다.

→ 꺾어서   → 꽂아

길이 미끄러워 엉덩방아를 쿵 찟고 말았습니다.
　　　　　　　　　　　　→ 찧고

여우는 깜짝 놀라서 한 거름 뒤로 물러섰습니다.
　　　　　　　　　→ 걸음

솔직히 말하면 친구들도 투덜이 같은 생각을 해 본 적이 있을 거야. 그렇다면 왜 맞춤법과 띄어쓰기를 공부해야 하는지 함께 생각해 볼까?

맞춤법·띄어쓰기는 우리가 말하고 글쓰기를 할 때 함께 지키기로 한 약속이야. 사람들이 서로 정확하게 의사소통을 하기 위해서 '이 글자는 이렇게 쓰고, 이렇게 띄어 쓰자.'라고 약속을 정해 둔 거지. 이런 약속을 하지 않고 자기 마음대로 글자를 쓰고 띄어쓰기를 하게 했다면 아마 우리 한글은 심각하게 오염되고 말았을 거야.

어른들에게 말과 글을 조심해서 쓰라는 지적을 한 번도 받은 적이 없는 친구는 아마 없을 거야. 특히 무의식중에 인터넷 채팅 언어나 줄임말을 사용하다가 혼날 때가 많지.

친구들과 이야기할 때 '볼매', '안습', '쩐다', '병맛' 같은 말이나 비속어, 욕설을 사용하면 더 친한 느낌이 든다는 친구를 만난 적이 있는데, 옳지 않은 생각이야. 어려서 이런 말을 습관적으로 사용하게 되면 어른이 되어서도 품위 없는 말을 사용하게 된다는 것을 기억하도록 해. 그리고 줄임말과 비속어를 사용하다 보면 수준 높고 올바른 글쓰기도 할 수 없게 돼.

우리 한글은 헷갈리고 틀리기 쉬운 말이 은근히 많아. 아마 받아쓰기 공부를 하고 시험을 치르면서 많이 느꼈을 거야. 그래서 차근차근 공부하는 시간이 필요한 거야. 이 책을 통해 세종대왕이 만들어 주신 우리 한글을 올바르게 사용하는 친구들이 되었으면 좋겠어.

차례

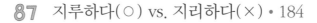

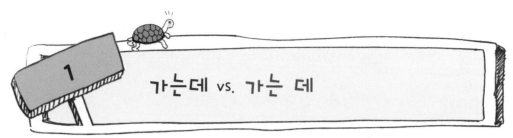

1 가는데 vs. 가는 데

국어 3–1(7. 아는 것을 떠올리며) 연계

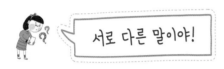 서로 다른 말이야!

🐰 **가는데**

'가다'와 '~는데'가 합쳐진 말이야.

'~는데'는 뒤따르는 구절에서 어떤 일을 설명하기 위하여

그 대상과 연결되는 상황을 미리 말할 때 쓰여.

"길을 가는데 만 원짜리가 떨어져 있었어요."

🐰 **가는 데**

'가는 곳'이라는 뜻이야.

'데'를 앞말과 띄어 쓰면 곳(장소), 것, 경우라는 뜻이지.

"네가 가는 데까지 함께 가도 되겠니?"

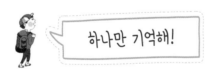 하나만 기억해!

'데' 대신에 '곳'이나 '일', '경우'라는 말을 넣어서

문장이 자연스러우면 앞말과 띄어 쓰면 돼.

12

고집불통 뱀 꼬리 때문이야

뱀 한 마리가 숲길을 기어가고 있었어요.

꼬리가 머리에게 불만을 터트렸어요.

"나는 왜 맨날 네가 가는 데를 쫓아가야 하는 거야?"

"넌 앞을 못 보잖아. 갑자기 위험이 닥치면 어떡해?"

머리가 아무리 달래도 꼬리는 자기가 앞장서겠다고 우겼어요.

결국 꼬리가 앞장서 길을 가는데 문제가 터지기 시작했어요.

도랑에 빠져 허우적거리기도 했고, 가시덤불로 들어가기도 했어요.

그렇게 고생하고도 꼬리는 고집을 꺾지 않았어요.

마침내 불속으로 기어들어간 꼬리 때문에

뱀은 불에 타 죽고 말았어요.

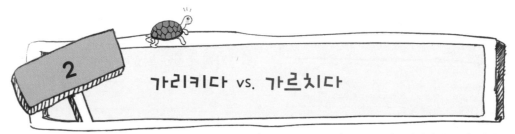

2

가리키다 vs. 가르치다

국어 2-1(1. 아, 재미있구나!), 국어 6-1(7. 이야기의 구성) 연계

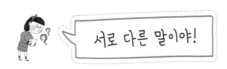

서로 다른 말이야!

가리키다

손가락으로 어떤 것을 집어보이거나 알려 준다는 뜻이야.

"나는 먹고 싶은 초코 케이크를 손가락으로 가리켰어요."

가르치다

지식을 깨닫게 하거나 어떤 일을 배우게 한다는 뜻이야.

잘못된 버릇을 바로잡아 준다는 뜻도 있어.

"연필 쥐는 법을 엄마가 다시 가르쳐 주셨어요."

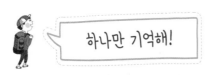

하나만 기억해!

뭔가를 콕 집어서 표시할 때는 '가리키다',

배움과 관련되면 '가르치다'를 쓰면 돼.

14

거미야, 고마워

다윗왕은 거미를 아주 싫어해서

거미줄이 쳐 있는 걸 보면 더럽다며 모두 걷어내 버렸어요.

어느 날 다윗왕은 전쟁터에서 쫓기다가 동굴에 숨었어요.

"저기다! 저 동굴에 숨었을 게 틀림없다!"

적군의 장군이 동굴을 가리키며 소리쳤어요.

"동굴로 들어갔다면 저 거미줄을 두고 지나쳤을 리가 없습니다."

부하의 말을 듣고 장군은 동굴을 지나쳐 갔어요.

다윗왕은 가슴을 쓸어내리며 감사 기도를 올렸어요.

"그토록 싫어했던 거미가 제 목숨을 구했습니다.

거미에 대한 고마움을 가르쳐 주셔서 감사합니다."

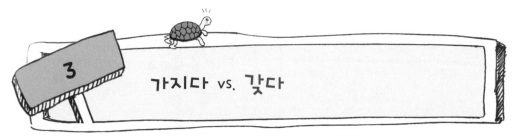

3 가지다 vs. 갖다

국어 4-1(10. 감동을 표현해요) 연계

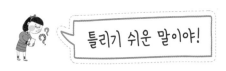

틀리기 쉬운 말이야!

가지다

손이나 몸에 지니고 있다는 뜻이 있고,

아이나 새끼, 알을 배 속에 지니고 있다는 뜻도 있어.

생각이나 사상을 마음에 품고 있다는 뜻도 있어.

"새 학년이 되면 누구나 새 가방을 가지고 싶어 하잖아요."

"우리 집 개가 새끼를 가져서 배가 불룩해요."

"할아버지는 독립운동을 하셨다는 데 큰 자부심을 가지고 계세요."

갖다

'가지다'를 줄여서 쓴 말이야. 그래서 둘은 뜻이 같은 말이야.

"동생이 내 선물까지 갖겠다고 떼를 쓰지 뭐예요."

돈으로 못 사는 것도 있어

'황금만능주의'란 돈이 있으면 무엇이든 할 수 있고

뭐든 가질 수 있다고 생각하는 태도를 말해요.

물론 돈이 많으면 갖고 싶은 자동차도 살 수 있고,

비싼 옷도 살 수 있을 거예요.

하지만 돈이 아무리 많아도 살 수 없는 것도 있어요.

바로 건강과 사랑, 사람의 마음이에요.

돈은 우리가 살아가는 데 필요한 것이지만,

돈이 최고라고 생각하는 태도는 옳지 않아요.

자칫 소중한 것들을 잃어버릴 수 있거든요.

" 건강은
어디서 살 수 있나요 "

외계인
아닐까요?

빵 2개만
주세요.

4 거름 vs. 걸음

국어 2-2(2. 즐겁게 대화해요) 연계

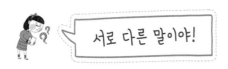

서로 다른 말이야!

🐰 거름

꽃, 나무, 채소 등이 잘 자라도록 땅에 뿌리는 것을 뜻해.

사람이나 동물의 똥과 오줌, 썩은 동식물을 거름으로 사용하는데,

땅을 위한 영양제라고 할 수 있어.

"봄이 되자 농부가 밭에 거름을 주었어요."

🐰 걸음

두 발을 번갈아 옮겨 놓는 동작을 뜻해.

어떤 방향으로 나아가는 기회라는 뜻도 있어.

"부산에 오시는 걸음이 있거든 해운대에 꼭 들러 주세요."

"한 걸음, 두 걸음 내딛다 보면 좋은 일이 생길 거라고 믿어요."

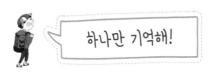

하나만 기억해!

'거름'은 눈에 보이는 물질이고,

'걸음'은 움직이는 동작을 나타내는 말이야.

우리는 사이좋은 형제

한 마을에서 사이좋은 형제가 농사를 짓고 살았어요.

봄이 되자 형은 동생의 논에 몰래 거름을 주었고,

동생은 형의 논에 가서 몰래 거름을 주었어요.

그해 농사는 풍년이 들어 형제는 기쁜 마음으로 벼를 베었어요.

'동생이 올해 결혼을 했으니 쌀이 더 필요할 거야.'

한밤중에 형은 볏단을 들고 동생네 논으로 걸음을 옮겼어요.

그런데 어둠 속에서 갑자기 동생이 나타나는 게 아니겠어요?

"형님네는 식구가 많으니까 우리 벼를 좀 놓고 가려고……."

형님과 동생은 마주보며 따뜻한 미소를 지었답니다.

19

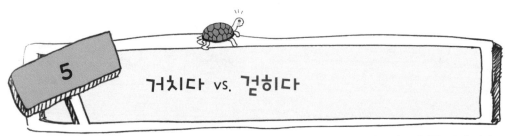

5 거치다 vs. 걷히다

국어 6-1(2. 다양한 관점) 연계

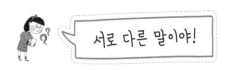

서로 다른 말이야!

거치다

오고가는 도중에 어디를 지나거나 들른다는 뜻이야.

어떤 과정이나 단계를 밟는다는 뜻도 있어.

"수원과 대전을 거쳐 대구에 갔어요."

"내가 설거지하면 엄마 손을 다시 거쳐야 깨끗해져요."

걷히다

구름이나 안개 등이 흩어져 없어지거나

비가 그치고 맑게 개었다는 뜻이야.

"구름이 걷히고 나자 햇볕이 쨍쨍 내리쬐었어요."

뼈다귀도
받아요?

쇠솥으로 시작된 구세군 자선냄비

구세군 자선냄비는 1891년 미국 샌프란시스코에서 시작되었어요.

당시 그곳에는 힘겹게 살아가는 사람들이 많았어요.

구세군에서 일하는 조셉 맥피는 가난한 사람들을 돕고 싶었어요.

그는 먹구름이 걷히는 하늘을 보다가 기발한 생각을 해 냈어요.

맥피는 큰 쇠솥을 거리에 내걸고 이렇게 써 붙였어요.

"이 솥을 끓게 합시다!"

쇠솥으로 시작한 모금 활동이 여러 과정을 거쳐

지금의 자선냄비가 되었답니다.

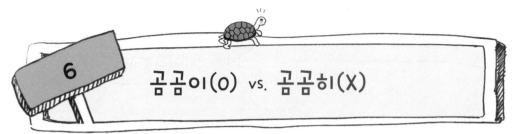

6

곰곰이(O) vs. 곰곰히(X)

국어 2-1(4. 생각을 전해요), 국어 3-1(7. 아는 것을 떠올리며) 연계

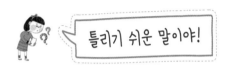

틀리기 쉬운 말이야!

'곰곰이'는 여러모로 깊이 생각하는 모양을 뜻해.

"기억을 떠올리려고 그때 생각을 곰곰이 해 봤어요."

"이 일로 누가 더 이득일지는 곰곰이 따져 봐야 할 것 같아요."

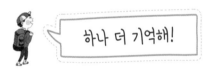

하나 더 기억해!

'이'와 '히'의 구별은 많이 헷갈려. 몇 개는 알아 두도록 해.

 '-이'로 적는 경우

간간이, 겹겹이, 나날이, 짬짬이, 지긋이, 같이, 굳이,
더욱이, 일찍이

 '-히'로 적는 경우

급히, 속히, 엄격히, 꼼꼼히, 답답히, 열심히

22

'생각하는 사람'은 발가락도 생각해

로댕의 '생각하는 사람'은 〈지옥의 문〉이라는 작품을 구성하고 있는

조각상 중의 하나예요.

고개를 숙인 헤라클레스가 곰곰이 생각에 잠겨 있는 모습이지요.

지옥에 스스로 몸을 내던지기 전에 자기 운명을 고민하는

인간의 심리를 표현하고 있어요.

조각상은 웅크리고 있는 모습이지만

굵은 눈썹과 목, 근육 등은 마치 살아 있는 것처럼 보여요.

로댕은 '생각하는 사람'에 대해

이렇게 말했어요.

"팔과 등과 다리의 모든 근육 그리고

꽉 움켜쥔 주먹과 오므리고 있는 발가락은

치열한 생각의 증거이다."

부끄러워요. 너무 자세히 보는 거 아니에요?

몸매도 좋고 지적으로 보이는구나.

내 이상형이랑 비슷해요.

담요라도 가져올까요?

그치다 vs. 끝이다

국어 4-2(5. 컴퓨터로 글을 써요) 연계

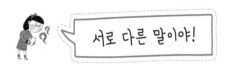

서로 다른 말이야!

그치다

계속되던 일이나 움직임이 멈추거나 끝난다는 뜻이야.

"엄마가 안아 주어도 아기는 울음을 그치지 않았어요."

끝이다

어떤 시간이나 순서에서 맨 마지막이라는 뜻이야.

"이 풍선만 매달면 발표회 준비는 끝이에요."

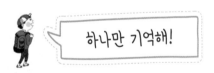

하나만 기억해!

'그치다'는 주로 '계속하다', '이어지다'의 반대말로 쓰이고,

'끝이다'는 종결, 마지막의 의미로 쓰여.

24

여름날의 소나기

여름에는 특히 소나기가 자주 내려요.

소나기는 갑자기 세차게 쏟아지다가 금세 그치는 비예요.

소나기가 내리기 전에는 번개나 천둥이 칠 때가 많아요.

그리고 하늘에는 산봉우리 같이 생긴 소나기구름이 솟아 있어요.

이 구름을 '쌘비구름'이라고도 하는데,

크고 진한 먹구름이에요.

소나기가 뜸해질 때가

바로 여름의 끝이에요.

드디어
새 우산 쓴다!
신난다!

나도
목욕하니까
좋아!

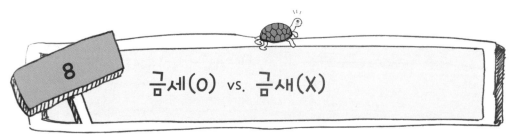

8 금세(O) vs. 금새(X)

국어 2-2(1. 생각을 나타내어요), 국어 6-1(2. 다양한 관점) 연계

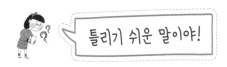

틀리기 쉬운 말이야!

'금세'는 '지금 바로'라는 뜻이야.

'금시에'가 줄어든 말이지.

"라면은 금세 보글보글 끓기 시작했어요."

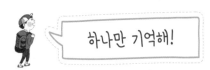

하나만 기억해!

'금시+에=금세'를 기억해 두면

헷갈리지 않을 거야.

나는 파란 바다가 좋아요. 뻐끔!

26

적조 현상이 무서워

푸른 바닷물이 붉은색으로 바뀌는 것을 적조 현상이라고 해요.

식물 플랑크톤이 갑자기 많이 번식하여 일어나는 현상이에요.

바닷물의 온도가 높아지거나

오염 물질이 바다로 흘러 들어가게 되면

식물 플랑크톤이 필요 이상으로 늘어나게 돼요.

여름철에 적조 현상이 일어나면 물고기들이 떼로 죽기도 해요.

식물 플랑크톤이 물고기의 아가미에 달라붙으면

호흡이 곤란해지면서 금세 죽게 되거든요.

그런데 바다에 황토를 뿌리면 어느 정도 문제를 해결할 수 있어요.

황토는 오염 물질을 바다 밑으로 가라앉히고,

플랑크톤의 세포를 터뜨려 죽이거든요.

바다에
빨간 물감을
풀었나?

물고기가
너무 불쌍해!

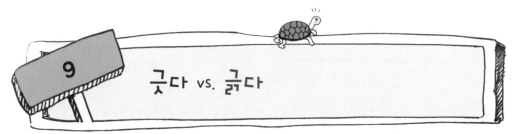

9 긋다 vs. 긁다

국어 3-1(5. 내용을 간추려요), 국어 3-1(10. 생생한 느낌 그대로) 연계

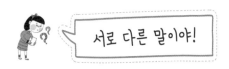

서로 다른 말이야!

긋다

어떤 부분을 강조하기 위해 줄을 그린다는 뜻이야.

일의 경계나 한계 등을 분명하게 한다는 뜻도 있어.

"뜻이 서로 비슷한 낱말끼리 줄을 그으세요."

"자기는 이번 사건과 아무 상관이 없다고 선을 긋던데요."

긁다

손톱이나 뾰족한 기구로 어딘가를 문지르는 것을 뜻해.

다른 사람의 감정이나 기분을 상하게 한다는 뜻도 있어.

"모기에게 물린 자리를 벅벅 긁었더니 상처가 생겼어요."

"엄마한테 혼나서 맘 상해 있는데 동생이 자꾸 긁어 댔어요."

28

아토피는 뭐든 조심해야 해

아토피가 생기면 피부가 건조해지고 붉은 습진이 생겨요.

주로 얼굴과 팔다리가 접히는 부분에 생기는데

가려워서 긁으면 습진과 가려움증이 더 심해져요.

아토피를 치료하려면 원인을 먼저 찾아야 해요.

그리고 그것들과 철저히 선을 긋고 생활 습관을 바꿔야 해요.

로션을 충분히 발라 주고, 애완동물도 키우지 않는 게 좋아요.

계란 흰자, 우유, 밀가루, 땅콩도 아토피의 원인이 될 수 있대요.

아토피가 있는 사람은 음식도 가려 먹는 게 좋아요.

음식을 가려
먹고 있어요.
편식, 아니에요.

나도 간지러워요.
아토피예요?

29

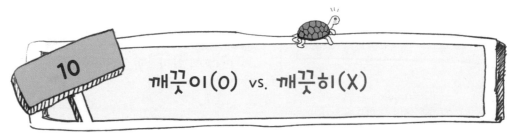

10 깨끗이(O) vs. 깨끗히(X)

국어 2-2(3. 마음을 담아서), 국어 4-1(2. 회의를 해요) 연계

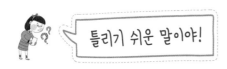

틀리기 쉬운 말이야!

'깨끗이'는 더럽지 않다는 뜻이야.

마음씨와 행동이 떳떳하고 올바르다는 뜻도 있어.

"엄마가 오시기 전에 방을 깨끗이 청소하자!"

"3반은 패배를 깨끗이 인정했어요."

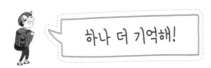

하나 더 기억해!

🐰 뚜렷이(○) vs. 뚜렷히(×)

'뚜렷이'도 많이 헷갈리는데 잘 기억해 둬.

'뚜렷이'는 '엉클어지거나 흐리지 않고 아주 분명하게'라는 뜻이야.

"내 동생은 일 년 전의 일도 뚜렷이 기억할 때가 많아요."

세수는 누가 할까?

훈장님이 학생에게 이렇게 물었어요.

"두 아이가 굴뚝 청소를 했는데, 한 아이는 검댕이가 묻고

다른 아이는 깨끗했단다. 그럼 누가 얼굴을 씻겠느냐?"

"당연히 얼굴에 검댕이 묻은 아이지요."

그러자 훈장님이 고개를 저으며 말씀하셨어요.

"아무것도 안 묻은 아이가 깨끗이 씻고 온단다.

검댕이 묻은 아이를 보고 자기도 더러울 거라고 생각하거든."

둘 중에
누가 세수할까?

함정이 있는 것 같아.
잘 생각해야지.

모르겠으면
그냥 찍어.

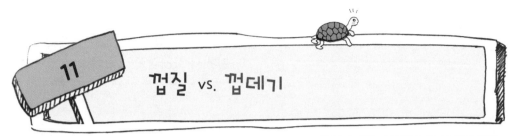

11 껍질 vs. 껍데기

국어 3-1(10. 생생한 느낌 그대로) 연계

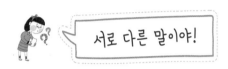

서로 다른 말이야!

껍질

물체의 겉을 싸고 있는 단단하지 않은 물질을 뜻해.

"양파 껍질을 벗겼더니 눈물이 났어요."

껍데기

달걀이나 조개 등의 겉을 싸고 있는 단단한 물질을 뜻해.

'빈껍데기'는 실속 없이 허울만 좋은 것을 비유적으로 이르는 말이야.

"달걀 껍데기는 따로 담았어요."

"거짓말이 들통나면서 우리 우정은 빈껍데기만 남았어요."

음식물 쓰레기와 푸드 뱅크

음식물 쓰레기는 낭비도 문제지만

그걸 처리하는 데 비용이 든다는 점도 큰 고민거리예요.

그래서 모두들 음식물 쓰레기 줄이기 운동을 하고 있어요.

우리나라는 음식물 쓰레기를 따로 모아 버려야 해요.

양파 껍질이나 조개껍데기는

음식물 쓰레기가 아니니 주의해야 해요.

남는 음식이나 유통 기한이 가까워져 판매하기 힘든 음식을

기부 받아 이웃을 돕는 '푸드 뱅크'라는 곳이 있어요.

남는 음식으로 어려운 이웃을 돕는 은행이라 할 수 있지요.

음식을 기부하고 싶은 사람은 1688-1377로 전화하면 된답니다.

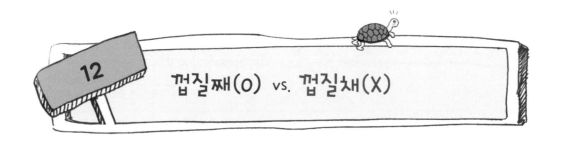

12 껍질째(O) vs. 껍질채(X)

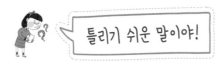

틀리기 쉬운 말이야!

'째'는 '그대로'라는 뜻이야.

'전부'라는 뜻도 가지고 있어.

그래서 '껍질째'는 '껍질까지 전부'라는 말이야.

"이 사과는 유기농 사과여서 껍질째 먹어도 돼."

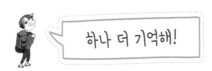

하나 더 기억해!

'채'는 보통 '~은 채'로 쓰이는데,

'이미 있는 상태 그대로 있다'는 뜻이야.

"너무 반가운 나머지 신발을 신은 채 방에 들어갔어요."

과일 색깔에 따라 영양소도 제각각

빨강, 노랑, 보라, 녹색 등 과일은 저마다 색깔이 달라요.

색깔이 진한 과일을 먹으면 영양소를 더 많이 섭취할 수 있어요.

그래서 사과, 포도, 자두처럼 껍질의 색깔이 진한 과일은

껍질째 먹으면 좋아요.

특히 붉은색 과일인 토마토에는 리코펜과 안토시아닌이 풍부해

노화 방지와 암 예방에 큰 효과가 있어요.

살구, 귤처럼 노란색 과일에는 눈에 좋은 베타카로틴이 많고,

포도와 블루베리 같은 보라색 과일에는 세균과 바이러스에 대항하는

플라보노이드가 많이 들어 있어요.

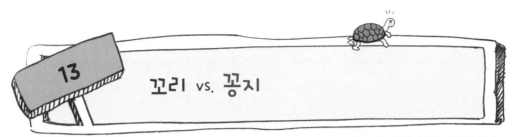

13 꼬리 vs. 꽁지

국어 5-2(1. 문학이 주는 감동) 연계

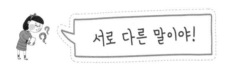
서로 다른 말이야!

꼬리
동물의 몸뚱이 뒤 끝에 달린 가늘고 긴 것을 뜻해.

물론 동물마다 생김새가 조금씩 다르지.

"옆집 강아지가 날 보고 꼬리를 살랑살랑 흔들었어요."

꽁지
새의 꽁무니에 붙어 있는 깃을 뜻해.

"공작이 꽁지에 붙은 깃털을 부채처럼 펴고 날 쳐다봤어요."

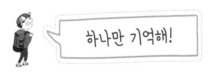
하나만 기억해!

포유동물의 꽁무니에 붙은 것은 '꼬리',

새의 꽁무니에 붙은 것은 '꽁지'야.

꽁지 잘린 메추라기

어느 날 숲속에서 놀던 메추라기가 호랑이에게 잡히고 말았어요.

메추라기가 눈물을 뚝뚝 흘리며 말했어요.

"호랑이님, 마지막으로 엄마를 볼 수 있게 해 주세요. 네?"

호랑이는 마음이 약해져 큰소리로 이렇게 외쳤어요.

"메추라기 어머니!"

호랑이의 큰 입이 벌어지는 순간 메추라기는 재빨리 몸을 빼냈어요.

하지만 긴 꽁지는 호랑이 입에 다시 콱 물렸어요.

결국 메추라기는 꽁지가 잘린 채 숲속으로 도망쳐야 했어요.

원래 다른 동물의 꼬리처럼 길었던 것이 그때부터 뭉툭해졌대요.

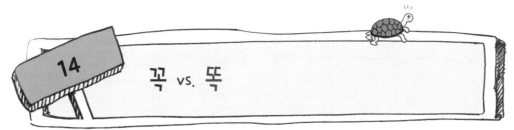

14

꼭 vs. 똑

국어 2-2(1. 생각을 나타내어요), 국어 4-1(3. 문장을 알맞게) 연계

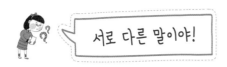

서로 다른 말이야!

꼭

야무지게 힘을 주어 누르거나 죄는 모양을 나타내는 말이야.

'어떤 일이 있어도 틀림없이'라는 뜻도 있어.

"아빠가 사 준 신발이 발에 꼭 맞아요."

"약속은 꼭 지켜야 한다고 생각해요."

똑

작은 물체나 물방울이 가볍게 아래로 떨어지는 소리를 나타내는 말이야.

계속되던 것이 갑자기 그치는 모양을 나타내는 말이기도 해.

"수도꼭지에서 물방울이 똑 떨어졌어요."

"아기가 갑자기 울음을 똑 그쳤어요."

아빠가 자랑스러워요

아빠가 벽에 못을 박는데 망치가 똑 부러졌어요.

아빠는 옆집에 망치를 빌리러 가셨어요.

"꼭 돌려 드릴 테니 망치 좀 빌려주십시오."

그런데 옆집 아저씨가 딱 잘라 거절하시는 바람에

새로 망치를 사야 했어요.

며칠 후에 옆집 아저씨가 다급한 얼굴로 찾아오셨어요.

"급해서 그런데 삽을 잠깐 빌릴 수 있을까요?"

아빠는 반갑게 맞아 주시며 이렇게 대답하셨어요.

"그럼요, 빌려드리다마다요."

난 우리 아빠가 참 자랑스러웠어요.

다음엔 제가 뭐든 빌려드릴게요.

아빠 키가 더 크네!

구두 굽이 높잖아.

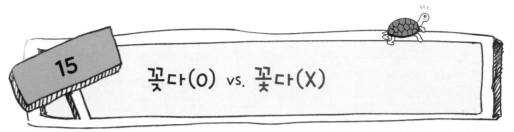

15 꽂다(O) vs. 꽃다(X)

국어 2-1(9. 느낌을 나타내어요) 연계

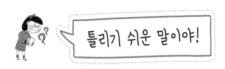

틀리기 쉬운 말이야!

'꽂다'는 물건이 쓰러지거나 빠지지 않도록 박거나 끼운다는 뜻이야.

"선물로 받은 장미를 꽃병에 꽂았어요."

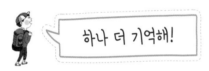

하나 더 기억해!

식물의 가지, 잎, 줄기 등을 자르거나 꺾어 흙에 심는 것을

'꺾꽂이'라고 해.

나도 따라가면 안 돼요?

꽃과 함께 사는 플로리스트

꽃이나 잎, 나무 등을 보기 좋게 꽂아

꾸미고 장식하는 일을 하는 사람을 플로리스트라고 해요.

플로리스트는 꽃을 뜻하는 'flos'와

전문가, 예술가를 뜻하는 'ist'를 합쳐 만든 말이에요.

결혼식이나 큰 행사장에 꽃을 멋지게 장식하면

분위기가 한층 더 좋아져요.

요즘은 파티나 이벤트, 문화 행사 등이 많아서

플로리스트의 인기가 높아지고 있어요.

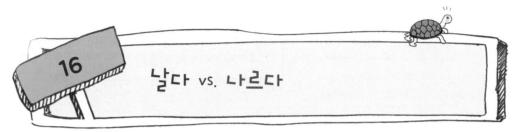

날다 vs. 나르다

국어 2-2(4. 어떻게 정리할까요?), 국어 5-1(8. 문장의 구조) 연계

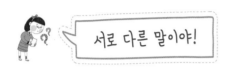

서로 다른 말이야!

날다

공중에 떠서 어떤 위치에서 다른 위치로 움직이는 것을 뜻해.

매우 빨리 움직이는 동작을 뜻하기도 해.

"요란한 소리를 내며 헬리콥터 한 대가 날아갔어요."

"홍길동은 휙 날아서 담장을 넘었어요."

나르다

물건을 한 곳에서 다른 곳으로 옮긴다는 뜻이야.

"개미 두 마리가 과자 부스러기를 나르고 있었어요."

목마 위에서 쉬었다 갈까?

42

트로이의 목마

트로이 전쟁은 그리스군과 트로이군의 전쟁이었어요.

강대국이었던 그리스는 10년 동안 트로이를 정복하지 못하고 있었어요.

병사들이 트로이 성을 얼마나 빈틈없이 지키는지

새처럼 날아 들어가지 않는 한 절대 들어갈 수 없었지요.

그러던 어느 날 그리스 병사들이 거대한 목마를 성 밖에 남겨 두고,

물러나는 척했어요.

진짜로 그리스군이 물러났다고 믿은 트로이군은

목마를 성 안으로 나르고, 축하 잔치를 열었어요.

그러나 깊은 밤, 목마 안에서 그리스 병사들이 튀어나왔고

트로이 성은 함락되고 말았어요.

속이 빈 거 확실해요?

와, 그리스군이 물러났다!

애들한테 목마 태워주면 좋아하겠어.

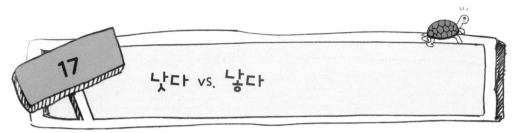

국어 4-1(5. 서로 다른 느낌), 5-2(1. 문학이 주는 감동) 연계

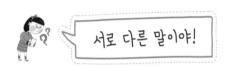

서로 다른 말이야!

낫다

병이나 상처를 고쳐 본래대로 되었다는 뜻이야.

보다 더 좋거나 앞서 있다는 뜻도 있어.

"안과에 다녀온 지 하루 만에 눈병이 나았어요."

"말솜씨는 형보다 동생이 낫네요."

낳다

배 속의 아이나 새끼, 알을 몸 밖으로 내놓는다는 뜻이야.

어떤 결과를 이루거나 가져온다는 뜻도 있어.

"우리 집 개가 새끼를 낳았어요."

"한국전쟁은 많은 사람들의 희생을 낳았어요."

석가모니가 왕자였다고?

고타마 싯다르타는 인도의 슈도다나 왕의 아들로 태어났어요.

마야 부인은 아이를 낳은 지 7일 만에 세상을 떠났지만

싯다르타는 궁궐에서 부족함 없이 자랐어요.

그는 29살이 되어서야 궁궐 밖의 세상을 보게 되었어요.

그리고 지팡이를 짚고 간신히 걷는 노인, 병이 낫지 않아

고통 받는 환자, 죽은 사람, 출가한 승려를 만나게 되었어요.

싯다르타는 인간의 생로병사를 마주한 뒤 큰 충격을 받았어요.

그 후 산속으로 들어가 6년 동안 수행을 했어요.

싯다르타는 보리수나무 아래서 명상을 하다 깨달음을 얻었고,

부처가 되었답니다.

욕심과 집착을 버리세요.

그래도 꼿꼿한 허리는 갖고 싶어요.

전 두 발로 걷고 싶어요.

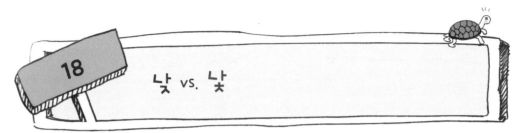

18 낮 vs. 낯

국어 6-1(1. 비유적 표현) 연계

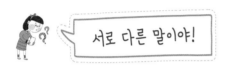

서로 다른 말이야!

낮

해가 뜰 때부터 질 때까지의 동안을 뜻하는 말이야.

"겨울은 낮이 짧고, 여름은 낮이 길어요."

낯

눈, 코, 입이 있는 얼굴을 뜻하는 말이야.

"나는 부끄러워서 낯을 들 수 없었어요."

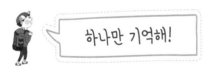

하나만 기억해!

'낮'은 밤의 반대말이고,

'낯'은 얼굴의 비슷한 말이야.

밀지 마!

46

잠만 잔다고 해서 베드타운

베드타운(bed town)은 대도시 주변에 생긴 주택 지역을

가리키는 말이에요.

그곳에 사는 사람들은 낮에는 도시의 중심부에 가서 일하고,

저녁에는 잠을 자기 위해 집으로 돌아와요.

마치 '침실'과 같다는 뜻에서 '베드타운'이라는 이름을 붙였대요.

베드타운에 사는 사람들은 서로 낮을 볼 일이 거의 없어요.

그래서 이웃에 누가 사는지도 잘 모르고,

직장과 집이 멀기 때문에 출퇴근 시간도 많이 걸려요.

47

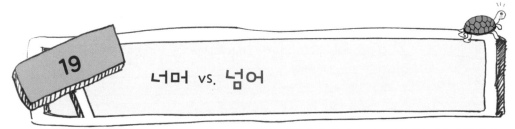

너머 vs. 넘어

국어 3-1(5. 내용을 간추려요), 국어 4-2(1. 이야기를 간추려요) 연계

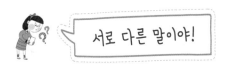

서로 다른 말이야!

🐰 **너머**

높이나 경계로 가로막은 사물의 저쪽을 뜻하는 말이야.

"저 무지개 너머에는 누가 살고 있나요?"

🐰 **넘어**

높은 부분의 위를 지나간다는 뜻이야.

어려움이나 고비를 겪고 지나간다는 뜻도 있어.

"할머니 댁을 가려면 구불구불 고개를 3개나 넘어야 해요."

"어려운 고비를 넘어 참 다행이에요."

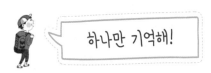

하나만 기억해!

'너머'는 위치를 나타내는 말이고,

'넘어'는 동작을 나타내는 말이야.

48

해와 달이 된 오누이

엄마는 떡이 든 광주리를 이고

고개 너머에 있는 집으로 가고 있었어요.

첫 번째 고개를 막 넘어갈 때 호랑이 한 마리가 나타났어요.

"떡 하나 주면 안 잡아먹지."

호랑이는 고개를 넘을 때마다 나타나 떡을 달라고 했어요.

마침내 떡이 떨어졌고, 엄마는 호랑이에게 잡아먹히고 말았어요.

엄마로 변장을 한 호랑이는 오누이가 있는 집으로 갔어요.

하지만 눈치 빠른 오누이는 나무 위로 도망쳤고,

동아줄을 잡고 무사히 하늘 나라로 올라갔어요.

그 후 오누이는 해와 달이 되었답니다.

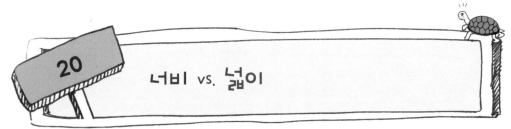

너비 vs. 넓이

국어 2-1(6. 알기 쉽게 차례대로), 국어 4-2(4. 글 속의 생각을 찾아) 연계

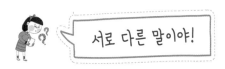

서로 다른 말이야!

너비

평면이나 넓은 물체의 가로 길이를 뜻하는 말이야.

"강의 너비는 생각보다 길었어요."

넓이

일정한 평면에 걸쳐 있는 공간이나 범위의 크기를 뜻하는 말이야.

"방의 넓이는 열 명이 누워 자도 될 정도였어요."

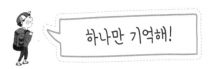

하나만 기억해!

'너비'는 길이를 나타내는 말이고,

'넓이'는 면적을 나타내는 말이야.

세상에서 가장 넓은 나라는?

세계에서 땅의 넓이가 가장 큰 나라는 러시아예요.

우리나라 국토의 77배나 되지요.

인구는 1억 4,000만 명이 넘는데,

150여 개의 크고 작은 민족으로 구성되어 있어요.

러시아에 있는 바이칼 호수는 세계에서 가장 깊은 호수예요.

2,600여 종의 동식물이 살고 있는 곳이어서

1996년에 유네스코 세계자연유산으로 지정되었어요.

러시아에는 길이 4,129km, 너비 40km에 달하는

예니세이 강도 있어요.

우리 이름은 '마트료시카'야.

이 악기 이름은 '발랄라이카'야.

러시아는 땅 부자네!

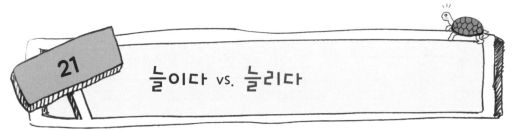

21 늘이다 vs. 늘리다

국어 6-1(1. 비유적 표현), 국어 4-1(1. 이야기 속으로) 연계

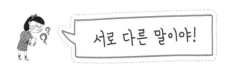

서로 다른 말이야!

🐰 **늘이다**

처음보다 길게 만든다는 뜻이야.

"고무줄이 팽팽해질 때까지 길게 늘였어요."

🐰 **늘리다**

물체의 넓이나 부피를 처음보다 커지게 한다는 뜻이야.

수나, 분량, 시간 등이 처음보다 많아진다는 뜻도 있어.

"뜨거운 피자는 치즈를 늘려 가며 먹는 재미가 있어요."

"페이스북 친구 늘리기가 이렇게 어려운 줄 몰랐어요."

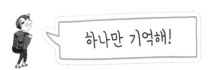

하나만 기억해!

'늘이다'는 길이나 선에,

'늘리다'는 크기나 넓이, 수, 시간에 주로 사용해.

게으름뱅이의 일인자는 나야

나무늘보는 나뭇가지 위에서 몸을 길게 늘이고 있을 때가 많아요.

하루 18시간 정도를 나무 위에서 자는데,

갈고리발톱 때문에 매달리는 일이 누워서 떡먹기랍니다.

자손을 늘리기 위해 짝짓기를 할 때도 나무에 매달려서 해요.

나무늘보는 너무 느리고 굼떠서 멀리서 보면 나무의 혹처럼 보여요.

털에서 이끼가 자랄 정도로 게으르대요.

난 17시간째 매달려 있다!

난 15시간! 오늘은 형을 꼭 이길 거야.

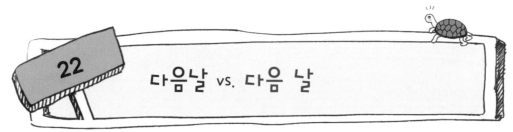

22 다음날 vs. 다음 날

국어 3-1(5. 내용을 간추려요) 연계

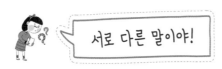

서로 다른 말이야!

다음날

정해지지 않은 미래의 어떤 날을 뜻해.

"다음날에 만나면 내가 떡볶이 살게."

다음 날

어떤 일이 있은 그다음 날을 뜻해.

"다음 날 예정대로 우리는 쪽지 시험을 봤어요."

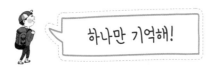

하나만 기억해!

다음 날은 '이튿날'과 같은 뜻이야.

저도 재밌게 잘 들었어요.

아라비안나이트는 1,000일 밤의 이야기

샤리아르 왕은 매일 새로운 신부를 맞이하고,

다음 날이 되면 신부를 죽여 버리는 무서운 사람이었어요.

그래서 온 나라의 여자들이 왕을 두려워했어요.

하지만 샤흐라자드는 스스로 왕의 신부가 되겠다고 나섰어요.

절대로 안 된다고 말리는 아버지에게 그녀가 말했어요.

"걱정 마세요. 저는 한참 지난 다음날까지 살아 있을 테니까요."

샤흐라자드는 왕에게 첫날밤부터 재미있는 이야기를 들려주었어요.

그리고 가장 재미있는 대목에서 이야기를 끊었어요.

그렇게 1,000일 동안 이어진 이야기가 바로 아라비안나이트예요.

그 후 왕은 샤흐라자드를 진심으로 사랑하게 되었답니다.

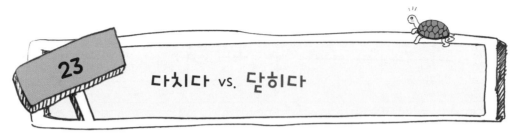

23 다치다 vs. 닫히다

국어 4-2(8. 정보를 나누어요) 연계

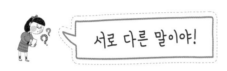

서로 다른 말이야!

다치다

부딪치거나 맞아서 몸에 상처를 입는다는 뜻이야.

다른 사람의 마음이나 명예에 해를 끼친다는 뜻도 있어.

"흥부는 제비의 다친 다리를 정성껏 치료해 주었어요."

"성적표를 보고 네 마음이 다칠까 걱정이구나."

닫히다

열린 문짝, 뚜껑, 서랍 등을 다시 제자리로 가게 하여 막는다는 뜻이야.

"소나기가 쏟아질 것 같으니 창문이 닫혔는지 확인해 줄래?"

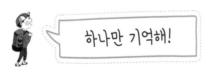

하나만 기억해!

'닫히다'는 '열리다'의 반대말이야.

은혜 갚은 꿩

길을 가던 선비가 뱀에게 잡아먹힐 뻔한 꿩을 구해 주었어요.

선비는 다친 꿩을 치료해 주고 길을 떠났어요.

날이 어두워지자 선비는 외딴집의 닫힌 대문을 두드렸어요.

그 집에는 아름다운 여인이 홀로 살고 있었어요.

선비가 잠을 자다 눈을 뜨니 구렁이가 온몸을 감고 있었어요.

구렁이는 자신이 낮에 선비가 죽인 구렁이의 아내라며

종이 세 번 울리면 살려 주겠다고 말했어요.

선비가 꼼짝없이 죽었구나 하는데 그때 종소리가 울려왔어요.

새벽에 종이 있는 곳에 가 보니 꿩이 머리가 깨져 죽어 있었어요.

꿩이 선비에게 은혜를 갚은 거예요.

57

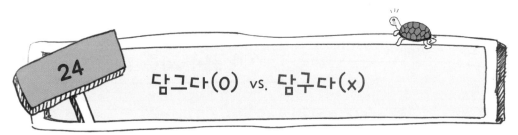

24 담그다(O) vs. 담구다(x)

국어 3-1(2. 문단의 짜임), 국어 3-1(7. 아는 것을 떠올리며) 연계

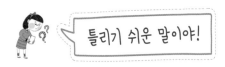

틀리기 쉬운 말이야!

'담그다'는 액체 속에 넣는다는 뜻이야.

김치, 술, 고추장, 젓갈 등을 만드는 재료를 버무리거나 물을 부어서

익거나 삭도록 그릇에 넣어 둔다는 뜻도 있어.

"시냇물에 발을 담갔더니 엄청 차가웠어요."

"할머니는 해마다 4월이면 매실주를 담그세요."

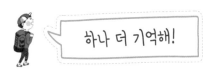

하나 더 기억해!

🐰 잠그다(O) vs. 잠구다(×)

'잠그다'는 여닫는 물건을 열지 못하게 자물쇠를 채운다는 뜻이야.

물, 가스 등이 흘러나오지 않게 차단한다는 뜻도 있어.

"나는 서랍에 일기장을 넣고 자물쇠로 잠갔어요."

"손을 씻고 나면 수도꼭지를 꼭 잠그세요."

우리나라를 대표하는 김치

우리 조상들은 채소를 오랫동안 먹기 위해 김치를 만들어 냈어요.

김치는 배추, 무, 파 등의 채소를 소금으로 절였다가

여러 가지 양념에 버무려 담그는 발효식품이에요.

김치에는 무기질과 비타민이 풍부하게 들어 있어요.

특히 김장 김치는 채소가 부족한 겨울철에

비타민을 공급해 준답니다.

지역과 계절, 재료에 따라 김치를 담그는 방법은 조금씩 달라요.

영양이 풍부하고 종류도 다양한 김치는

우리나라를 대표하는 음식이랍니다.

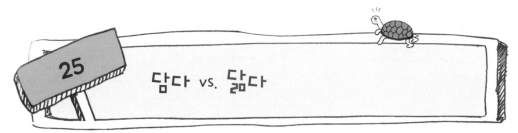

25 담다 vs. 닮다

국어 2-1(6. 알기 쉽게 차례대로), 국어 3-1(1. 감동을 나누어요) 연계

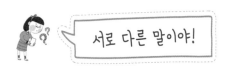

서로 다른 말이야!

담다

어떤 물건을 그릇 같은 것에 넣는다는 뜻이야.

어떤 생각을 그림, 글, 말, 표정 속에 넣는다는 뜻도 있어.

"키위를 깎아 예쁜 접시에 담아 내놓았어요."

"선물은 정성이 가득 담긴 편지로 충분하단다."

닮다

사람 또는 사물이 서로 비슷한 생김새나 성질을 지녔다는 뜻이야.

"우리 반 쌍둥이는 얼굴도 닮았지만 성격도 아주 똑같아요."

60

조상들의 멋이 담긴 한복

우리나라 고유의 옷인 한복에는

조상들의 멋과 지혜가 담겨 있어요.

저고리의 둥근 소매는 우리나라 산의 완만한 능선을 닮았고,

옥색의 두루마기는 은은한 푸른 하늘을 닮았어요.

한복을 입으면 멋과 기품이 있어 아름답지만

활동하기가 불편해 특별한 날에 입어요.

그런데 요즘 나오는 개량한복은 고름 대신 매듭을 달고,

저고리 길이를 허리까지 늘이고,

소매 폭을 좁게 만들어 편하게 입을 수 있답니다.

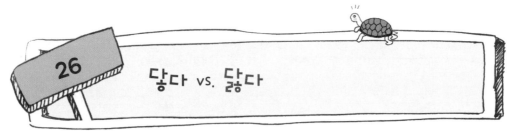

닿다 vs. 닳다

국어 4-1(5. 서로 다른 느낌), 국어 4-2(7. 적절한 의견을 찾아요) 연계

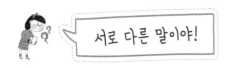

서로 다른 말이야!

닿다

어떤 물체와 다른 물체가 서로 맞붙어 있다는 뜻이야.

어딘가에 도착했다는 뜻도 있어.

"얼마나 키가 큰지 버스 천장에 머리가 닿았어요."

"3시간을 달린 차는 동해안에 닿았어요."

닳다

어떤 물건을 오래 써서 길이나 두께, 크기가 줄어든다는 뜻이야.

"산불이 난 그림을 그렸더니 빨간색 크레파스가 다 닳았어요."

비법 좀 알려 줘, 친구!

말 잘 듣는 아들 낳는 비법 아는데……

돌하르방의 코가 없어졌다고?

제주도에 가면 눈길이 닿는 곳마다 돌하르방이 서 있어요.

돌하르방은 커다란 눈에 아래로 내리뻗은 코와

불룩한 뺨을 가지고 있어요.

돌하르방은 얼핏 근엄하게 보이지만,

자세히 보면 온화한 미소를 띠고 있답니다.

그리고 코끝이 닳아 없어진 돌하르방이 많아요.

돌하르방의 코를 만지면 아들을 낳는다는 이야기 때문이지요.

돌하르방은 할아버지를 뜻하는 제주도 방언 '하르방'에

'돌'이 붙어 생긴 말이에요.

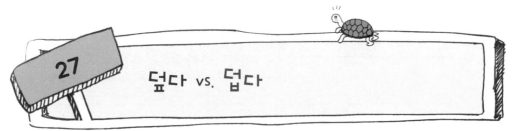

27 덮다 vs. 덥다

국어 5-1(7. 낱말의 뜻), 국어 5-1(8. 문장의 구조) 연계

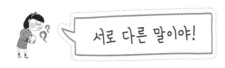

서로 다른 말이야!

덮다

어떤 물건이 보이지 않도록 넓은 천 등을 얹어 가린다는 뜻이야.

내용을 따져서 드러내지 않고 그대로 두거나 숨긴다는 뜻도 있어.

"잠든 동생에게 이불을 덮어 주었어요."

"이대로 진실을 덮을 수는 없어요."

덥다

기온이 높다는 뜻이야.

다른 이유로 몸에 느끼는 기운이 뜨겁다는 뜻으로도 쓰여.

"더운 날에는 얼음물이 최고지!"

"여름에는 비가 자주 오고 디운 날씨가 계속돼요."

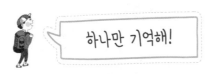

하나만 기억해!

'덥다'는 '춥다'의 반대말이야.

64

사하라 사막이 궁금해

사막은 풀과 나무가 거의 자라지 않고

바위나 모래만 끝없이 펼쳐져 있어요.

사막은 낮에는 덥지만, 해가 지면 기온이 급격하게 떨어져요.

그래서 밤에는 침낭 위에 두툼한 모포까지 덮어야 한대요.

세계에서 가장 큰 사막은 사하라 사막이에요.

아프리카 북부의 대부분을 차지할 정도로 크고

우리나라 남한 크기의 86배가 넘어요.

사하라 사막은 대부분 바위와 자갈로 이루어진 암석 사막이고,

모래 사막은 약 20퍼센트에 불과해요.

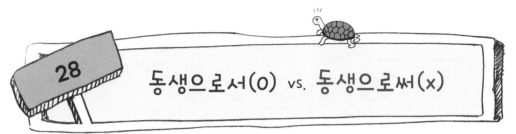

28 동생으로서(O) vs. 동생으로써(x)

국어 4-1(3. 문장을 알맞게) 연계

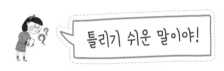

틀리기 쉬운 말이야!

'~로서'는 지위나 신분 또는 자격을 나타내는 말이고,

'~로써'는 어떤 일의 수단이나 도구를 나타내는 말이야.

'동생으로서'는 동생의 자격을 나타내니까 '로서'를 써야 해.

"대한민국의 국민으로서 국방의 의무를 져야 해요."

"친구와의 싸움은 대화로써 풀어야지 주먹은 안 돼요."

쌍둥이자리에 얽힌 전설

겨울철 밤하늘에서 볼 수 있는 쌍둥이자리에는

카스토르와 폴리데우케스의 전설이 전해지고 있어요.

쌍둥이는 그리스 신화 속 제우스와 레다 사이에서 태어났어요.

동생 폴리데우케스는 신이 되어 영원히 살 수 있었지만

형 카스토르는 인간이어서 죽을 위기에 처했어요.

동생으로서 폴리데우케스는 형의 죽음을 지켜볼 수 없었어요.

그래서 자신이 가진 능력을 형에게 나누어 주었어요.

그 후 쌍둥이는 하루의 절반은 하늘에서 신으로 살고,

나머지 절반은 땅에서 인간으로 살게 되었답니다.

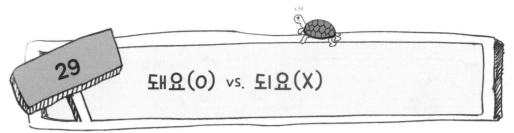

29 돼요(O) vs. 되요(X)

국어 4-1(5. 서로 다른 느낌) 연계

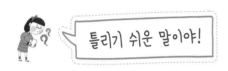

틀리기 쉬운 말이야!

'돼요'는 '되어요'의 줄임말이야.

"동생이 얼마나 뛰어다니는지 아래층에서 올라올까 걱정돼요."

"강아지가 사라진 지 한참이 됐지만 그 사실을 아무도 몰랐어요."

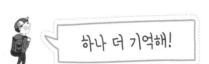

하나 더 기억해!

'되'와 '돼'가 헷갈릴 때 가장 쉬운 방법은

'되' 대신에 '하'를, '돼' 대신에 '해'를 넣어보는 거야.

그래서 '하'가 자연스러우면 '되'를 쓰고,

'해'가 자연스러우면 '돼'를 쓰면 돼.

"잘 (되면 / 돼면) 좋겠어." → "잘 (하면 / 해면) 좋겠어."

→ "잘 되면 좋겠어."

"먹으면 (안 되? / 안 돼?)" → "먹으면 (안 하? / 안 해?)"

→ "먹으면 안 돼?"

시간의 기준은 그리니치 천문대

1675년 찰스 2세는 영국의 런던에 그리니치 천문대를 세웠어요.

그리니치 천문대는 현재 세계 표준시의 기준이 되고 있어요.

지구상의 좌표에서 세로로 그어진 선을 경도라고 하는데,

경도 15도마다 1시간씩 차이가 나게 된답니다.

그래서 영국 시간으로 오전 6시는 우리나라 시간으로 오후 2시가 돼요.

이 기준은 1884년 미국에서 개최된 '만국지도회의'에서 정해졌어요.

25개국의 대표가 모여 그리니치 천문대를 지나가는 경도를

표준시간의 기준으로 정한 것이지요.

영국 가면 여왕님이랑 사진 찍고 싶어요.

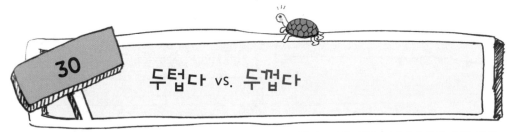

30 두텁다 vs. 두껍다

국어 4-2(9. 시와 이야기에 담긴 세상) 연계

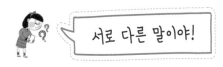

서로 다른 말이야!

두텁다

정이나 믿음이 굳고 깊다는 뜻이야.

"유치원 때부터 친구라 우리 우정은 아주 두터워요."

두껍다

두께가 보통보다 크다는 뜻이야.

어둠이나 안개, 그늘이 짙다는 뜻도 있어.

"날씨가 추워졌으니 옷을 두껍게 껴입도록 해요."

"안개가 두껍게 깔려서 길이 잘 안 보였어요."

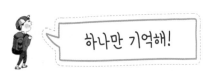

하나만 기억해!

눈에 보이지 않는 우정이나 믿음은 '두텁다'를 쓰고,

눈에 보이는 사물에는 '두껍다'를 써.

부드러운 떡과 부드러운 혀의 공통점

하루는 스승님이 제자 몇 명을 집으로 초대했어요.

스승님은 준비한 떡과 음료를 내놓았어요.

두껍게 썬 떡은 아직 말랑말랑했고,

얇게 썬 떡은 딱딱하게 굳어 있었어요.

제자들이 말랑말랑한 떡만 골라 먹자 스승님이 말했어요.

"떡만 말랑말랑한 게 좋은 것은 아니란다.

사람들은 기분이 좋아지게 만드는 부드러운 혀는 좋아하지만

마음을 상하게 하는 딱딱한 혀는 좋아하지 않지.

두터운 인간관계를 원한다면 부드러운 혀를 가져야 한단다."

드러내다 vs. 들어내다

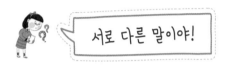

서로 다른 말이야!

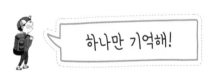

드러내다

가려 있거나 보이지 않던 것을 보이게 한다는 뜻이야.

사람들에게 알려지지 않았던 사실을 밝힌다는 뜻도 있어.

"후크 선장이 누런 이를 드러내며 웃었어요."

"마음을 드러내지 않으려고 얼른 자리를 피했어요."

들어내다

물건을 들어서 밖으로 옮긴다는 뜻이야.

"아저씨들이 방에서 이삿짐을 들어냈어요."

하나만 기억해!

'드러내다'는 가려져 있던 것을 보이게 하는 것이고,

'들어내다'는 자리를 이동시키는 거야.

베를린 장벽을 무너뜨리다

독일은 제2차 세계대전 이후에 서독과 동독으로 갈라졌어요.

그 후 1989년 10월 9일, 동독에서 7만 명의 군중이 모여

자유와 민주를 외치기 시작했어요.

당시 동독은 정부의 부패와 어려운 경제 상황 때문에

많은 문제를 드러내고 있었어요.

1989년 11월 10일, 마침내 사람들은 분단의 상징이었던

베를린 장벽을 들어냈어요.

1990년 10월 2일, 독일은 45년 만에 다시 한 국가가 되었답니다.

32 들르다 vs. 들리다

국어 6-1(3. 마음을 표현하는 글) 연계

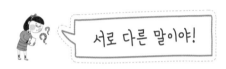

서로 다른 말이야!

들르다

지나는 길에 잠깐 들어가 머무른다는 뜻이야.

"친구 집에 들러 1시간만 놀고 올게요."

들리다

소리를 듣게 된다는 뜻이야.

"갑자기 펑 하는 소리가 들려 깜짝 놀랐어요."

오늘 며칠째지?

잠을 잘 수가 없어!

7대 독자를 살린 거지

암행어사 박문수는 거지와 함께 전국을 돌아다니며

백성들의 어려움을 살폈어요.

어느 날 둘이 큰 기와집 앞을 지나고 있었어요.

그때 집 안에서 사람들이 우는 소리가 들렸어요.

박문수와 거지는 그 집에 들러 우는 이유를 물었어요.

"우리 집 7대 독자가 다 죽어가고 있다오."

거지가 나서서 아이 손목에 실을 매어 진맥을 했어요.

그러고는 벽에 붙은 진흙을 떼어 둥근 알약을 만들었어요.

놀랍게도 아이에게 알약 세 개를 먹였더니 병이 말끔하게 나았어요.

75

33 떠나지 vs. 떠난 지

국어 4-1(9. 생각을 나누어요), 국어 5-1(9. 추론하며 읽기) 연계

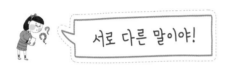

서로 다른 말이야!

떠나지

'지'를 앞말에 붙여 쓰면 그 움직임이나 상태를 부정하는 뜻이 돼.

뒤에 '않다', '못하다', '말다' 등의 말이 따라오지.

"어미 개는 새끼가 낑낑거리자 곁을 떠나지 못했어요."

떠난 지

'지'를 앞말과 떨어뜨려 쓰면

어떤 때부터 지금까지의 '동안'을 나타내는 말이야.

"삼촌이 유학을 떠난 지 2년이 넘었어요."

가슴 아픈 백일홍 이야기

옛날에 한 처녀가 이무기에게 제물로 바쳐지게 되었어요.

처녀를 좋아하고 있던 총각이 이무기를 죽이고 오겠다고 나섰어요.

"돌아오는 배에 흰 깃발이 펄럭이면 내가 이긴 줄 알고,

빨간 깃발이 펄럭이면 내가 죽은 줄 아시오."

처녀는 그 자리를 떠나지 않고 총각을 기다렸어요.

떠난 지 100일째 되던 날 붉은 깃발을 매단 배가 보였어요.

흰 깃발이 이무기의 피로 붉게 물들었던 것인데,

그 사실을 몰랐던 처녀는 크게 슬퍼하며 죽고 말았어요.

그 뒤 처녀의 무덤에서 하얀 꽃이 피어나자 '백일홍'이라 불렀어요.

34 띄다 vs. 띠다

국어 4-1(1. 이야기 속으로) 연계

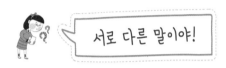

서로 다른 말이야!

띄다

'뜨이다'의 줄임말로, 잘 보인다는 뜻이야.

"우리 집은 빨간 지붕이어서 멀리서도 눈에 띄어요."

띠다

빛깔이나 색깔을 가진다는 뜻이야.

감정이나 기운을 나타낸다는 뜻도 있어.

"파란색 물감을 칠한 것처럼 하늘은 푸른색을 띠고 있었어요."

"나는 환한 미소를 띠고 사진을 찍었어요."

비 그쳤다!
벌레 잡으러
가자.

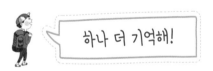

하나 더 기억해!

'떼다'는 붙어 있거나 닿은 것을 떨어지게 한다는 뜻이야.

"토마토의 꼭지를 떼고 깨끗하게 씻어 오렴."

무지개가 떴어

비가 온 뒤에 일곱 빛깔을 띤 무지개가 뜰 때가 있어요.

하늘에서 크게 반원형을 그리며 뜨기 때문에

멀리서도 눈에 잘 띄어요.

비가 온 직후에는 공기 중에 작은 물방울들이 떠 있어요.

이것들에 태양빛이 닿아 굴절, 반사되면 무지개가 생겨요.

옛날 사람들은 무지개를 신성한 것으로 생각했어요.

하늘과 땅을 연결하는 다리라고 하는 사람도 있고,

하늘나라의 거대한 뱀이 물을 마시러 왔다는 사람도 있었어요.

무지개 끝에 금은보화가 숨겨져 있다고 믿는 사람도 있었어요.

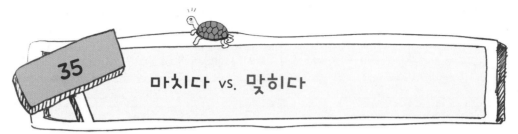

마치다 vs. 맞히다

국어 3-1(3. 중요한 내용을 적어요), 국어 3-1(5. 내용을 간추려요) 연계

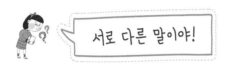

서로 다른 말이야!

마치다

어떤 일을 끝낸다는 뜻이야.

"수업을 마치면 곧장 집으로 오도록 해라."

맞히다

문제에 대한 답이 틀리지 않았다는 뜻이야.

쏘거나 던진 물체가 어떤 물체에 닿게 한다는 뜻도 있어.

"수수께끼를 맞히면 내 사탕을 줄게."

"놀라지 마. 내가 공 하나로 인형 두 개를 맞혀 떨어뜨렸어."

윌리엄 텔과 아들

오스트리아가 스위스를 지배하던 때였어요.

활 잘 쏘기로 유명한 윌리엄 텔이 아들이랑 광장을 지나고 있었어요.

그때 병사들이 나타나 광장에 걸린 성주의 모자에

경례를 하지 않았다며 두 사람을 감옥에 가두었어요.

마을 사람들이 그들을 풀어 달라고 애원하자 성주가 제안을 했어요.

"네 아들의 머리 위에 사과를 올려놓고 맞히면 풀어 주마."

윌리엄 텔이 대답을 못하고 망설이자 아들이 말했어요.

"전 아버지를 믿어요. 어서 시험을 마치고 집에 돌아가요!"

아들의 말에 힘을 얻은 텔은 사과를 명중시켰고

무사히 집으로 돌아갔답니다.

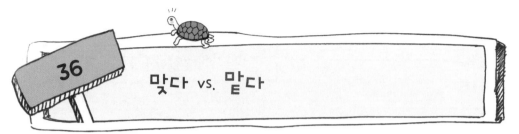

36 맞다 vs. 맡다

국어 2-1(8. 보고 또 보고), 4-2(1. 이야기를 간추려요) 연계

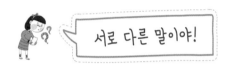

서로 다른 말이야!

맞다

크기나 규격이 다른 것의 크기나 규격과 어울린다는 뜻이야.

어떤 행동이나 의견, 상황이 다른 것과 어울린다는 뜻도 있어.

"언니의 노란 원피스는 내 몸에 잘 맞았어요."

"내 동작이 음악이랑 맞지 않다고 친구들이 웃었어요."

맡다

어떤 일을 책임지고 한다는 뜻이야.

어떤 물건을 받아 보관하다는 뜻도 있어.

"우유 당번을 스스로 맡다니 대단한걸."

"내 가방을 좀 맡아 줄래?"

갈라파고스 섬과 진화론

찰스 다윈은 의과대학에 다니다가 신학과에 진학했어요.

하지만 신학 역시 다윈에게는 맞지 않았어요.

이 무렵에 식물학자인 헨슬로 교수를 만나게 되었어요.

"자네가 여러 곳의 동식물과 땅을 조사하는 일을 맡아 주면 좋겠어."

다윈은 헨슬로 교수의 권유로 탐험 여행을 떠나게 되었어요.

마침내 갈라파고스 섬에 도착한 다윈은

섬에 사는 동물들을 보고 흥미로운 사실을 발견했어요.

동물들의 생김새가 환경에 따라 달라진다는 것을 발견한 것이지요.

갈라파고스 섬에서의 발견은 이후 진화론의 바탕이 되었답니다.

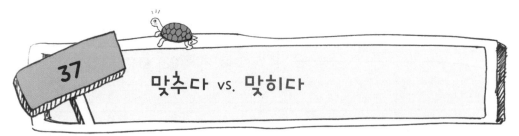

37 맞추다 vs. 맞히다

국어 4-1(1. 이야기 속으로) 연계

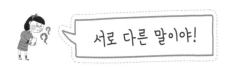

서로 다른 말이야!

🐰 맞추다

서로 떨어져 있는 부분을 제자리에 붙인다는 뜻이야.

서로 어긋나지 않고 조화를 이룬다는 뜻도 있어.

"다섯 살짜리가 퍼즐을 얼마나 잘 맞추는지 몰라요."

"모둠원의 의견을 하나로 맞추려고 노력했어요."

🐰 맞히다

문제에 대한 답을 틀리지 않게 하다는 뜻이야.

"속담왕 대회에서 제가 문제를 다 맞혔어요."

문명의 발상지 중국과 인도

중국 문명은 황허강 유역에서 시작되었어요.

중국의 은 왕조는 중대한 일을 결정할 때 점을 쳐서 맞혔어요.

그 내용은 거북의 등딱지나 소의 뼈에 새겨 놓았지요.

이것이 후에 한자의 기원이 되었답니다.

인도 문명은 인더스강 유역에서 시작되었는데,

도로와 하수도, 주택, 목욕탕까지 갖춘 도시를 건설했어요.

모헨조다로와 하라파는 벽돌의 크기까지

맞춰서 지은 계획도시였어요.

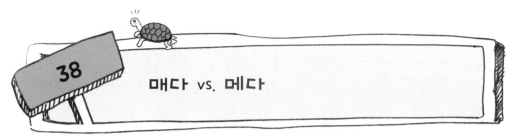

38 매다 vs. 메다

국어 4-1(8. 국어사전과 함께), 국어 6-1(7. 이야기의 구성) 연계

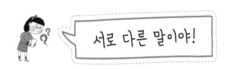

서로 다른 말이야!

매다

끈이나 줄의 두 끝을 서로 풀어지지 않게 마디를 만든다는 뜻이야.

"달리기를 하기 전에 신발 끈을 다시 매는 습관이 있어요."

메다

어깨에 걸치거나 올려놓는다는 뜻이야.

어떤 책임을 지거나 임무를 맡는다는 뜻도 있어.

"아이들은 어깨에 작은 배낭을 하나씩 메고 있었어요."

"제가 바로 우리나라의 미래를 메고 나갈 인재랍니다."

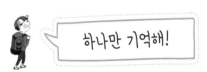

하나만 기억해!

풀어지지 않게 마디를 만드는 것은 '매다'이고,

어깨에 짊어지는 것은 '메다'야.

86

십자가에 매달린 예수

예수는 유대교의 대제사장들을 비판하다가 체포되었어요.

예수는 자신이 매달리게 될 십자가를 메고 골고다 언덕을 올랐어요.

구경 나온 사람들은 예수를 조롱하고 돌을 던졌어요.

예수는 십자가에 매어 고통을 받으면서도

그들을 용서해 달라고 기도했어요.

그리고 숨을 거두기 전에 이렇게 말했어요.

"아버지, 제 영혼을 아버지 손에 맡깁니다."

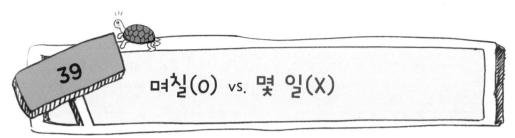

39 며칠(O) vs. 몇 일(X)

국어 2-1(10. 이야기 세상 속으로) 연계

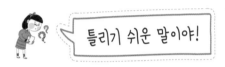

틀리기 쉬운 말이야!

'며칠'은 그 달의 몇 번째 날이라는 뜻이야.

얼마 동안이라는 뜻도 있어.

"도대체 며칠 동안 게임만 할 거니?"

"이 숙제를 다 하려면 며칠이 걸릴지 모르겠어요."

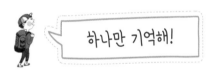

하나만 기억해!

'몇 일'은 틀린 말이야.

항상 '며칠'로 적는다는 것을 기억해.

아저씨, 세상에
나쁜 사람도
많아요!

노벨과 다이너마이트

노벨은 나이트로글리세린을 가득 채운 통 속에 검은색 화약이 담긴

유리관을 넣으면 폭발력이 강해진다는 사실을 알아냈어요.

덕분에 며칠 동안 수많은 사람이 파내야 했던 광산을

몇 명이서 하루 만에 파내게 되었어요.

그런데 나이트로글리세린의 폭발력이 강해 사고가 자주 일어났어요.

그 후 나이트로글리세린을 고체로 만드는 데 성공하여

다이너마이트가 만들어졌어요.

하지만 다이너마이트도 무기로 만들어져

많은 사람의 목숨을

앗아갔답니다.

사람들이
좋은 일에만
쓰겠지?

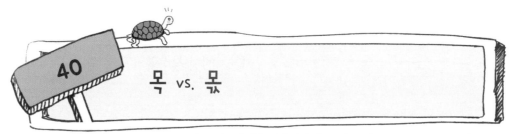

40 목 vs. 몫

국어 2-2(1. 생각을 나타내어요), 국어 4-2(2. 제안하고 실천하고) 연계

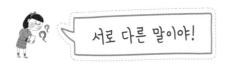

서로 다른 말이야!

목

척추동물의 머리와 몸통을 잇는 잘록한 부분을 뜻해.

"기린은 목을 꼿꼿이 세우고 잠을 자요."

몫

여럿으로 나누어 가지는 각 부분을 뜻해.

"모두들 각자 해야 할 몫이 있다는 걸 기억하세요."

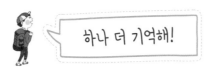

하나 더 기억해!

'몫몫이'는 '한 몫 한 몫으로'라는 뜻이야.

"과자를 몫몫이 나눠서 불만이 없었어요."

미안, 나부터 살아야겠어.

황금 알을 낳는 거위

하루에 하나씩 황금 알을 낳는 거위가 있었어요.

매일 아침 거위가 황금 알을 낳을 때만 기다리던 주인은

욕심이 생겼어요.

"거위 뱃속에 황금 알이 가득 들어 있을 텐데…….

어차피 모두 내 몫인데 한꺼번에 가져야겠어."

어느 날 주인은 거위 목을 비틀고, 배를 가르고 말았어요.

그러나 거위 뱃속에는 지렁이 찌꺼기만 있었어요.

주인이 땅을 치며 후회했지만

거위를 다시 살릴 수는 없었어요.

꼬꼬댁!
112야, 119야?
헷갈려!

꽥꽥! 경찰에
신고해 줘!

91

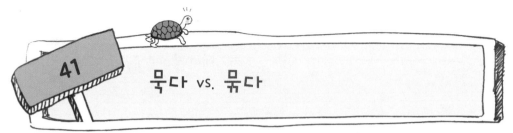

묵다 vs. 묶다

국어 3-1(5. 내용을 간추려요), 국어 4-2(4. 글 속의 생각을 찾아) 연계

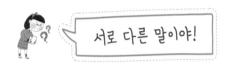

서로 다른 말이야!

묵다

시간이 많이 지나 오래되었다는 뜻이야.

어떤 곳에서 손님으로 머무른다는 뜻도 있어.

"묵은 김치는 새콤해서 맛있어요."

"이번 휴가는 좋은 호텔에서 묵고 싶어요."

묶다

끈, 줄 등을 매듭으로 만든다는 뜻이야.

"오늘은 머리를 예쁘게 묶었구나."

안녕하신가, 주인장!

주막은 나그네들의 쉼터

옛날에는 장터, 큰 고개 밑의 길목, 나루터 등에

'주막'이 있었어요.

주막은 오늘날의 식당과 술집, 여관 역할을 함께하던 곳이에요.

나그네들은 날이 어두워지면 주막에 하룻밤 묵어 갔어요.

규모가 큰 주막에는 방이 수십 개가 있었고,

소나 당나귀 등을 묶어 두는 마구간도 있었어요.

주막에는 문짝에 '주(酒)'자를 써 붙이거나 등을 달았어요.

좌판에 삶은 돼지머리를 늘어놓아 주막이 있다는 걸 알리기도 했대요.

42 묻히다 vs. 무치다

국어 3-1(7. 아는 것을 떠올리며), 국어 4-2(9. 시와 이야기에 담긴 세상) 연계

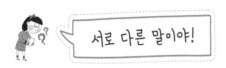

서로 다른 말이야!

묻히다

물건을 흙이나 다른 물건 속에 넣어 보이지 않게 쌓아 덮는다는 뜻이야.

가루, 풀, 물 등이 들러붙거나 흔적을 남긴다는 뜻도 있어.

"로봇은 블록 사이에 묻혀 있었어요."

"동생이 옷에 흙을 잔뜩 묻히고 들어왔어요."

무치다

나물 등에 갖은 양념을 넣고 한데 뒤섞는다는 뜻이야.

"시금치는 무엇을 넣고 무치나요?"

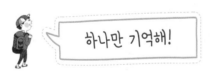

하나만 기억해!

'묻히다'를 '묻치다'라고 쓰는 사람이 있는데,
틀린 말이야.

나도 같이 놀자!

향긋한 봄나물을 즐겨요

냉이, 달래, 쑥은 봄을 대표하는 나물이에요.

날씨가 따뜻해지면 땅속에 묻혀 있던 냉이, 달래, 쑥이

산과 들을 뒤덮어요.

봄나물은 된장이나 고추장, 참기름을 넣고 무치는데

입에 넣으면 향긋하고 쌉싸름한 맛이 나요.

냉이는 철분과 칼슘이 많아 눈을 건강하게 해 주고,

피로 회복에도 좋아요.

달래는 비타민 C와 칼슘이 많아 감기와 기침에 좋아요.

쑥은 비타민과 철분이 많아 암을 예방하고 아토피 치료에도 좋아요.

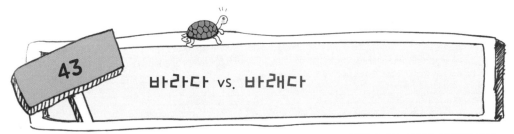

43 바라다 vs. 바래다

국어 4–1(3. 문장을 알맞게) 연계

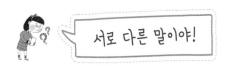

서로 다른 말이야!

🐰 **바라다**

바람대로 어떤 일이 이루어졌으면 하고 생각한다는 뜻이야.

어떤 것을 얻고 싶어 한다는 뜻도 있어.

"선생님이 늘 건강하시기를 바랍니다."

"선물을 바라고 널 도와준 게 아니야."

🐰 **바래다**

볕이나 습기를 받아 색이 변한다는 뜻이야.

"벽에 걸려 있는 할머니 사진이 많이 바랬어요."

드디어 통일이 되는 거야?

아니. 아직은 바람이지.

우리나라가 통일이 되면

우리나라는 지금 지구상에서 유일한 분단국가예요.

1950년에 일어난 6·25 한국전쟁은 3년 만에 휴전이 됐지만

남한과 북한으로 나뉘는 분단의 아픔을 남겼어요.

또한 전쟁 기간 동안 많은 사람들이 죽었고,

수많은 이산가족과 전쟁 고아가 생겼어요.

오랜 시간이 지나면서 빛이 바랜 듯하지만

전쟁의 아픔은 쉽게 잊혀지지 않아요.

하지만 우리는 어서 통일이 되어 남한과 북한의 국민 모두가

평화롭게 살게 되기를

바라고 있어요.

기차 타고
프랑스 여행을
갈 수 있대요.

평양 가서
평양냉면
먹을 거예요.

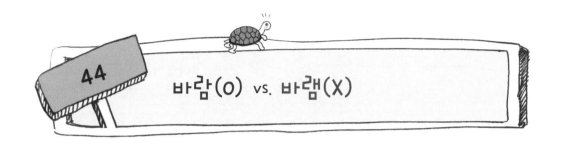

바람(O) vs. 바램(X)

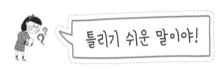

틀리기 쉬운 말이야!

'바람'은 어떤 일이 이루어졌으면 하는 간절한 마음을 뜻해.

"우리의 바람은 내일 야구 개막전에 가는 거예요."

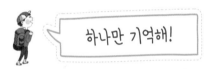

하나만 기억해!

'바라다'의 명사형은 '바램'이 아니라 '바람'이야.

난 어제 논까지 갈았거든! 엄살쟁이!

게으른 당나귀의 소원

아주 게으른 당나귀 한 마리가 있었어요.

정원사인 주인은 마른 나뭇가지나 풀을 옮기게 했는데,

당나귀는 그 일이 하기 싫어 이렇게 기도했어요.

"하느님, 제발 다른 주인 밑에서 일하게 해 주세요."

하느님이 당나귀의 바람을 들어주겠다고 약속했어요.

며칠 후 당나귀는 가죽 공장을 하는 사람에게 팔려갔어요.

성질이 사나운 주인은 조금만 게으름을 부리면 채찍질을 해 댔어요.

"하느님, 다시 정원사 주인에게 돌아가고 싶어요."

당나귀가 눈물을 뚝뚝 흘리며 소원을 빌었지만

하느님은 다시 나타나지 않았어요.

45 바치다 vs. 받치다

국어 2-1(10. 이야기 세상 속으로) 연계

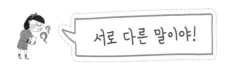

서로 다른 말이야!

바치다
신이나 웃어른에게 정중하게 드리는 동작을 뜻하는 말이야.

무언가를 위해 모든 것을 아낌없이 내놓거나 쓴다는 뜻도 있어.

"어떤 위험을 무릅쓰더라도 저 꽃을 꺾어 바치겠소!"

"안중근 의사는 독립운동에 목숨을 바쳤어요."

받치다
물건의 밑에서 괸다는 뜻이야.

"동생이 뜨거운 냄비를 쟁반에 받쳐 들고 왔어요."

내 죽음을 알리지 마라

목숨을 바쳐 나라를 구한 이순신 장군은

우리나라 사람들이 가장 사랑하는 위인 중 한 사람이에요.

장군은 임진왜란이 일어난 7년 동안 23번 이상의 전투에 나갔는데,

단 한 번도 패배한 적이 없어요.

장군의 마지막 전투는 1598년 11월에 벌어졌던 노량해전이에요.

조선군들은 주로 활과 화살을 가지고 싸웠지만

상대인 왜군 중에는 소총을 받쳐 든 병사들도 있었어요.

장군의 안타까운 죽음은 바로 그 총탄에 의한 것이었어요.

죽음을 눈앞에 두고 장군이 남긴 유언은

지금까지 전해지고 있어요.

"내 죽음을 알리지 마라."

46 밖에 vs. ~밖에

국어 2-2(3. 마음을 담아서) 연계

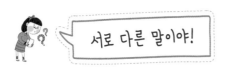
서로 다른 말이야!

밖에

'어떤 선이나 금을 넘어선 쪽에'라는 뜻이야.

"창문 밖에 검은 그림자가 어른거렸어요."

~밖에

'그것 말고는', '그것 이외에는'이라는 뜻이야.

반드시 뒤에 부정을 나타내는 말이 따라와.

"내 능력을 인정해 주는 사람은 엄마밖에 없어요."

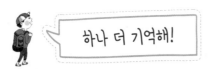
하나 더 기억해!

'바깥'은 '밖이 되는 곳'이라는 뜻이야.

"오늘 바깥 날씨는 아주 따뜻하네요."

나도 아이디어 있어!

세계에서 발명을 가장 많이 한 에디슨

토머스 에디슨은 어린 시절에 문제아 취급을 당했어요.

그래서 집 밖에 잘 나가지 않고

방 안에서 책을 읽거나 공상을 하며 지내는 날이 많았어요.

에디슨의 머릿속에는 오로지 발명밖에 없었어요.

백열등, 축음기, 전기 자동차, 영사기 등이

모두 에디슨의 발명품이에요.

특히 백열등은 2,000번의 실험 끝에 성공한 발명품이에요.

'발명왕'이라 불리는 에디슨은 1,100개가 넘는 발명품과

1,500건이 넘는 특허를 취득했답니다.

만들고 싶은 게
마구마구
떠올라.

난 엄마 허락
맡고 만져.

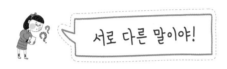

서로 다른 말이야!

반듯이

생각이나 행동이 비뚤어지지 않고 바르다는 뜻이야.

"글씨를 반듯이 썼다고 선생님한테 칭찬받았어요."

반드시

'틀림없이', '꼭'이라는 뜻이야.

"너랑 한 약속은 반드시 지킬게."

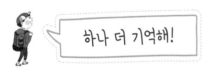

하나 더 기억해!

오늘 석봉이가 왔대요!

'절대로'는 '어떠한 경우에도 반드시'라는 뜻으로,

'반드시'와 비슷한 말이야.

단, '절대로'는 뒤에 부정 표현이 온다는 것을 기억하도록 해.

"우리는 절대로 거짓말을 해서는 안 돼요."

명필가 한석봉을 만든 어머니

공부하러 떠나는 석봉에게 어머니가 말씀하셨어요.

"힘들어도 꼭 참고, 반드시 10년을 채우고 돌아오너라."

그런데 석봉은 집이 너무 그리워 3년 만에 돌아오고 말았어요.

떡을 팔고 집에 돌아온 어머니는

반가운 기색 하나 없이 방 안의 불을 끄고 말씀하셨어요.

"나는 떡을 썰 테니 너는 글씨를 써 보거라."

불을 켜 놓고 보니 어머니의 떡은 반듯이 썰려 있었지만

석봉의 글자는 삐뚤빼뚤 엉망이었어요.

석봉은 큰 깨달음을 얻고 그 길로 돌아가 열심히 공부했어요.

훗날 한석봉은 조선 최고의 명필가로 이름을 날렸어요.

48

배다 vs. 베다

국어 4-2(1. 이야기를 간추려요) 연계

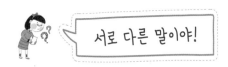

서로 다른 말이야!

배다

스며들거나 스며 나오다는 뜻이야.

느낌, 생각이 깊이 느껴지거나 오래 남아 있다는 뜻도 있어.

"옷에 김치 국물이 배었는데 지워지지 않아요."

"그림에 배어 있는 화가의 마음을 이해하고 싶어요."

베다

누울 때 베개 따위를 머리 아래에 받친다는 뜻이야.

날이 있는 도구로 무언가를 끊거나 자른다는 뜻도 있어.

"엄마 무릎을 베고 있으면 잠이 솔솔 와요."

"사과를 깎다가 손을 베었어요."

맹세를 끝까지 지킬 거야

김유신은 삼국을 통일한 신라의 장군이에요.

젊은 시절에 유신은 한 기생집을 자주 드나들었어요.

그러던 어느 날 어머니가 유신을 불러 엄하게 꾸짖으셨어요.

유신은 다시는 그러지 않겠다고 굳게 맹세했어요.

며칠 후 술에 취한 유신이 말 위에서 깜박 잠이 들고 말았어요.

유신과 늘 함께했던 말은 언제나처럼 기생집 앞에 가서 멈추었어요.

잠에서 깬 유신은 주인의 마음도 헤아리지 못한다며

말의 목을 베어 버렸어요.

아끼던 말의 피가 옷자락에 배어 붉게 물들었고,

유신의 결심은 더욱 단단해졌어요.

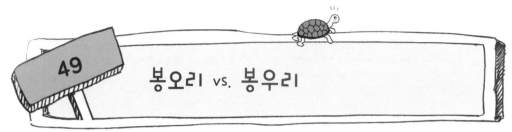

49 봉오리 vs. 봉우리

국어 4-1(7. 의견과 근거) 연계

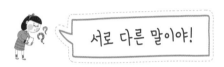

서로 다른 말이야!

봉오리

망울만 맺히고 아직 피지 않은 꽃을 뜻하는 말이야.

"장미꽃이 막 봉오리를 맺었어요."

봉우리

산에서 뾰족하게 높이 솟은 부분을 뜻하는 말이야.

"한라산 봉우리에는 백록담이 있어요."

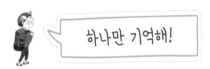

하나만 기억해!

꽃은 '봉오리'가 옳고,

산은 '봉우리'가 옳아.

알프스의 별, 에델바이스

알프스와 히말라야 산봉우리에 피는 에델바이스는

'알프스의 별'이라고 불려요.

에델바이스는 한 송이에 여러 개의 꽃봉오리가 뭉쳐 피고,

꽃잎이 두껍고 솜털이 덮여 있어 말려도 꽃 형태가 변하지 않아요.

우리나라의 높은 산봉우리에는

에델바이스와 같은 과에 속하는 솜다리 꽃이 피어요.

멸종 위기 야생식물로 지정하여 보호하고 있기 때문에

혹시 산에서 본다 해도 절대로 뽑아 오면 안 되는 꽃이랍니다.

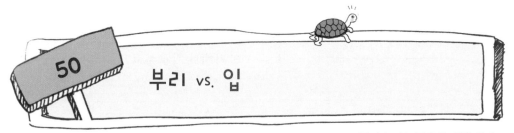

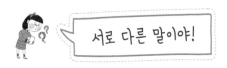

서로 다른 말이야!

부리

새와 일부 짐승의 길고 뾰족한 주둥이를 뜻하는 말이야.

"비둘기는 부리로 과자를 콕 찍어 먹었어요."

입

음식이나 먹이를 섭취하며 소리를 내는 기관을 뜻해.

한 번에 먹을 만한 음식물의 분량을 세는 단위로도 쓰여.

"입 큰 개구리가 입이 크다고 친구들에게 놀림을 받았어요."

"형이 사과를 한 입 베어 물었는데 반쪽이 사라졌어요."

안 먹을 거면 나 주라.

우리가 과연 친구일까?

여우와 두루미는 동물들에게 서로를 친한 친구라고 소개했어요.

어느 날 여우가 두루미를 집으로 초대했어요.

그런데 넙적한 접시에 수프를 담아 내놓았어요.

뾰족한 부리를 가진 두루미는 입맛만 다시다가 돌아갔어요.

약이 오른 두루미가 며칠 후에 여우를 초대했어요.

그리고 보란 듯이 길쭉한 병에 수프를 담아 내놓았어요.

여우는 입을 꾹 다물고 있다가 얼굴이 벌개져서 돌아갔어요.

그 후로 둘은 서로를 친구라고 말하지 않았어요.

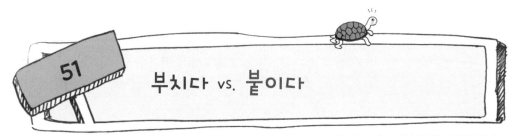

51 **부치다 vs. 붙이다**

국어 4–1(4. 짜임새 있는 문단) 연계

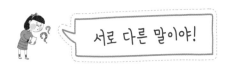

서로 다른 말이야!

부치다

편지나 물건 등을 상대방에게 보낸다는 뜻이야.

"전학 간 친구에게 편지를 써서 부쳤어요."

붙이다

맞대서 떨어지지 않게 한다는 뜻이야.

"여러분이 그린 가족 그림을 교실 벽에 붙일 거예요."

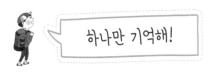

하나만 기억해!

'붙이다'의 반대말은 '떼다'야.

우표가 뭐냐고?

요즘은 편지를 쓰는 일이 거의 없지만,

예전에는 주로 편지로 소식을 전했어요.

편지를 부치려면 우표를 사서 봉투에 붙여야 했어요.

우표는 우편요금을 납부했다는 것을 증명해 주는 표예요.

세계 최초의 우표는 영국에서 1840년 5월 6일에 발행되었어요.

우리나라 최초의 우표는 1884년 10월 1일(음력)에 발행된

'문위우표'예요.

오늘날의 우체국인 우정총국을 개국하면서 발행하였답니다.

내가 바로
우리나라의
첫 우편배달부란다!

다음엔
핑크색으로
만들어 주세요!

길 안내는
제가 할게요!

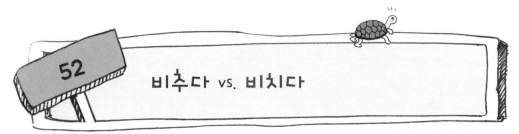

52 비추다 vs. 비치다

국어 2-2(4. 어떻게 정리할까요?) 연계

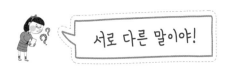

서로 다른 말이야!

🐰 **비추다**

빛을 내는 물체가 다른 대상에 빛을 보내어 밝게 한다는 뜻이야.

물이나 거울에 모습이 나타나게 한다는 뜻도 있어.

"손전등으로 다락방 안을 비추어 보았어요."

"거울에 얼굴을 비춰 보니 작은 상처가 있었어요."

🐰 **비치다**

빛이 나서 환하게 된다는 뜻이야.

물체의 그림자나 영상이 나타나 보인다는 뜻도 있어.

"달빛에 비친 매화는 하얗게 빛났어요."

"창가에 낯선 그림자가 비쳤다가 금세 사라졌어요."

정월 대보름과 소원 빌기

깊은 밤이 되자 호수 위에 둥근 달이 떴어요.

물 위에 비친 보름달은 참으로 아름다웠어요.

보름달은 달과 태양이 서로 지구 반대쪽에 있어

태양이 달의 전면을 비출 때 볼 수 있어요.

보름달은 한 달에 한 번씩 1년에 12번 볼 수 있는데,

그중 음력 1월 15일에 뜨는 달을 가장 큰 달로 쳐요.

이날을 '가장 큰 보름'이라는 뜻으로 '정월 대보름'이라고 해요.

정월 대보름에는 한 해의 건강과 풍년을 빌었고,

줄을 매단 깡통에 불을 지펴 돌리는 쥐불놀이를 즐겼어요.

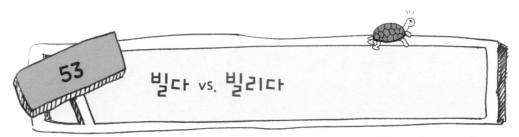

53 빌다 vs. 빌리다

국어 4-1(9. 생각을 나누어요) 연계

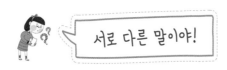 서로 다른 말이야!

빌다

바라는 일이 이루어지게 해 달라고 간절하게 부탁한다는 뜻이야.

"하느님께 간절하게 빌면 소원이 이루어질까요?"

빌리다

남의 물건이나 돈 등을 나중에 돌려주기로 하고 쓴다는 뜻이야.

"오늘 도서관에서 《셜록 홈즈》를 빌려 왔어요."

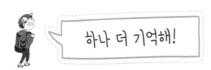 하나 더 기억해!

'손이 발이 되도록 빌다'는
잘못을 용서해 달라고
간절히 빈다는 뜻이야.

밤에만
돌아다닌대.

박쥐 소식
들었어?

우리의 소원은 부자가 되는 것

박쥐와 가시나무와 갈매기가 함께 장사를 하기로 했어요.

박쥐가 친구들에게 돈을 빌려 왔고, 가시나무는 옷감을 사들였고

갈매기는 쇠붙이를 사들였어요.

"하느님, 이 옷감과 쇠붙이를 모두 팔아 부자가 되게 해 주세요!"

셋은 배가 출발하기 전에 두 손을 모으고 이렇게 빌었어요.

하지만 큰 태풍이 몰아쳐 배가 바다에 가라앉고 말았어요.

그때부터 갈매기는 바닷가를 날아다니며 쇠붙이를 찾고,

박쥐는 돈을 빌려 준 친구들을 피해 밤에만 돌아다니기 시작했어요.

그리고 가시나무는 지나가는 사람의 옷을 붙잡고

자기가 잃어버린 옷감인지 살펴보는 버릇이 생겼대요.

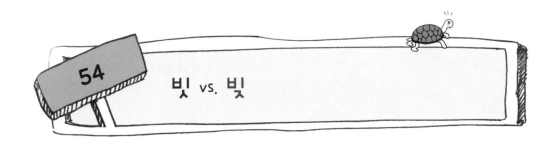

54

빗 vs. 빚

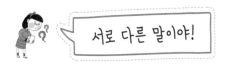

서로 다른 말이야!

빗
머리카락을 빗을 때 쓰는 도구야.

"나는 여행을 떠날 때 접는 빗을 챙겨요."

빚
남에게 꾸어 쓴 돈이나 외상값을 뜻해.

"은행에 진 빚을 다 갚게 되어 기뻐요."

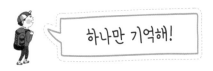

하나만 기억해!

누군가에게 갚아야 할 은혜도 '빚'이라고 해.

'마음의 빚을 지다', '세상에 진 빚이 크다'와 같이 쓰지.

세상에서 가장 아름다운 크리스마스 선물

가난하지만 몹시 사랑하는 부부가 있었어요.

크리스마스가 다가오자 부부는 고민에 빠졌어요.

서로에게 멋진 선물을 해 주고 싶은데 돈이 없었거든요.

"빚을 내서라도 좋은 선물을 해 주고 싶어."

오랜 생각 끝에 남편은 아끼던 시계를 팔아 부인에게 줄 빗을 샀고,

부인은 탐스러운 머리칼을 팔아 남편의 시계에 달 시곗줄을 샀어요.

두 사람은 선물을 열어 보고 뜨거운 눈물을 흘렸어요.

비록 쓸모가 없어지고 말았지만

부부에게는 세상에서 가장 아름다운 크리스마스 선물이었지요.

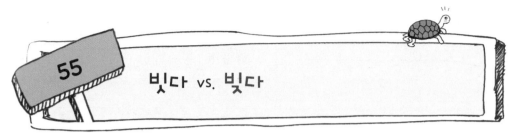

55

빗다 vs. 빚다

국어 2-1(10. 이야기 세상 속으로), 국어 3-1(7. 아는 것을 떠올리며) 연계

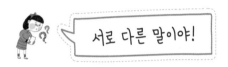

서로 다른 말이야!

🐰 빗다

머리카락을 빗으로 가지런해지게 정리한다는 뜻이야.

"학교에 가기 전에 머리를 한번 빗으렴."

🐰 빚다

흙 등의 재료를 이겨서 어떤 형태를 만든다는 뜻이야.

찹쌀가루나 쌀가루 등을 반죽해서 만두, 송편 등을 만든다는 뜻도 있어.

"도공은 항아리를 빚어 가마에 넣었어요."

"송편을 너무 많이 빚는 거 아니에요?"

저도
하나만 주세요.

추석에는 송편을 빚어요

송편은 추석에 햅쌀과 햇곡식으로 빚는 떡이에요.

팥, 깨 등 고소하고 달콤한 소를 넣어 반달 모양으로 만들지요.

송편을 예쁘게 빚으면 예쁜 딸을 낳는다는 말도 있어요.

송편은 1년 동안 먹을 양식을 무사히 수확하도록 보살펴 준 조상님께

감사한 마음을 전하기 위해 만들어요.

그래서 송편뿐 아니라 조상에게 올릴 음식을 만들 때

어머니들은 몸을 깨끗이 하고, 머리를 곱게 빗은 다음

정성을 다하여 음식을 만들었어요.

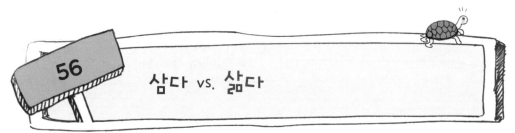

56

삼다 vs. 삶다

국어 3-1(7. 아는 것을 떠올리며) 연계

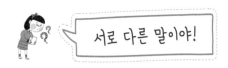

서로 다른 말이야!

삼다

어떤 대상과 인연을 맺어 자기와 관계있는 사람으로 만든다는 뜻이야.

무언가를 무엇이 되게 하거나 어떤 것으로 여긴다는 뜻도 있어.

"할머니는 강아지를 가족 삼아 외로움을 달래신대요."

"이번 일을 문제 삼지 않았으면 좋겠어요."

삶다

물에 넣고 끓인다는 뜻이야.

"국수를 삶아 찬물에 헹구면 면발이 쫄깃쫄깃해져요."

나도 배고파, 찌릭찌릭!

보릿고개는 너무 힘들어

한때 우리나라에는 '보릿고개'라는 말이 있었어요.

보릿고개는 가을에 거둬들인 양식이 다 떨어지고,

보리는 채 여물지 않아 먹을 것이 부족했던 시기를 말해요.

매해 5~6월경이 보릿고개였다고 할 수 있어요.

일제강점기는 물론이고 1960년대 초까지도

보릿고개에 시달리는 사람들이 많았어요.

그 시기에 사람들은 고구마나 감자를 삶아 주식으로 삼았어요.

곡식을 빻은 후에 나오는 가루로 보리개떡을 만들어 먹기도 했어요.

이것마저 없을 때는 풀뿌리와 나무껍질로 보릿고개를 넘었답니다.

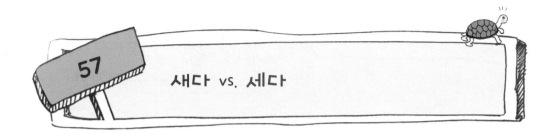

57 새다 vs. 세다

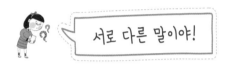
서로 다른 말이야!

새다

기체, 액체 등이 틈이나 구멍으로 조금씩 빠져 나간다는 뜻이야.

날이 밝아 온다는 뜻도 있어.

"콩쥐가 독에 물을 길어다 부어도 자꾸만 새어 나갔어요."

"날이 새는 대로 길을 떠나자꾸나."

세다

사물의 개수를 헤아리거나 꼽는다는 뜻이야.

머리카락이나 수염 등이 희어진다는 뜻도 있어.

"내가 열을 셀 때까지 정답을 맞혀야 해."

"어느새 할머니 머리가 하얗게 세었어요."

야광 귀신은 구멍을 좋아해

옛날 사람들은 설날 밤이 되면

야광 귀신이 사람들의 신발을 신고 간다고 믿었어요.

그리고 야광 귀신이 신고 가는 신발의 주인은

일 년 내내 운수가 사납고 나쁜 일이 생긴다고 했어요.

그래서 설날 밤이 되면 너도 나도 신발을 감추느라 바빴어요.

간혹 구멍이 많이 뚫린 채를 대문에 걸어 두는 집도 있었어요.

야광 귀신이 구멍 세기를 좋아한다는 말이 있었거든요.

야광 귀신이 채를 발견해 구멍을 세다가 날이 새면

신발을 못 훔치고 도망칠 거라고 생각했던 것이지요.

세 살배기(O) vs. 세 살박이(X)

틀리기 쉬운 말이야!

'-배기'는 '그 나이를 먹은 아이'를 뜻해.

"난 옆집의 세 살배기 고집을 못 꺾었어요."

하나 더 기억해!

'진짜배기', '공짜배기'와 같이

뒤에 붙어 '그런 물건'을 뜻할 때도 있어.

저랑도
놀아요,
아저씨!

126

피터 팬 증후군과 키덜트는 달라

네버랜드에 사는 피터 팬은 영원히 나이를 먹지 않는 소년이에요.

피터 팬처럼 영원히 아이처럼 살고 싶어 하는 어른들도 있어요.

성인이 되어서도 스스로를 어른으로 인정하지 않은 채

다른 사람에게 의존하고 싶어 하는 심리를

피터 팬 증후군이라고 해요.

피터 팬 증후군과 다르게, 사회 활동은 정상적으로 하면서

동심의 세계에서 심리적인 안정을 취하는 성인을 '키덜트'라고 해요.

그들은 열 살배기처럼 모형 자동차나 만화책을 사 모으면서

스트레스를 푸는 취미가 있답니다.

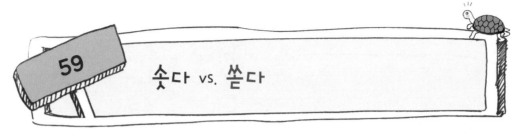

59 솟다 vs. 쏟다

국어 2-1(8. 보고 또 보고), 국어 4-1(3. 문장을 알맞게) 연계

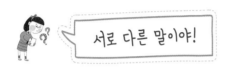

서로 다른 말이야!

솟다

연기와 같은 물질이나 비행기와 같은 물체가

아래에서 위로, 또는 속에서 겉으로 세차게 움직인다는 뜻이야.

건물이나 산 등이 바닥에서 위로 나온 상태가 된다는 뜻도 있어.

"찌개에서 모락모락 김이 솟고 있어요."

"뒤를 돌아보니 남산 타워가 우뚝 솟아 있었어요."

쏟다

용기에 들어 있는 액체나 물질을 바깥으로 나오게 한다는 뜻이야.

눈물이나 땀, 피 등을 많이 흘린다는 뜻도 있어.

"컵을 떨어뜨리는 바람에 우유가 쏟아졌어요."

"축구를 했더니 땀이 비 오듯 쏟아졌어요."

트레비 분수에 동전 던지기

트레비 분수는 이탈리아 로마를 상징하는 명물이에요.

하얀 대리석으로 만들어졌는데

높이 26미터, 너비 20미터로 우뚝 솟아 있지요.

분수에서 쏟아지는 물은 로마에서 22킬로미터나 떨어진

살로네 샘에서 운반된 물이에요.

트레비 분수는 오드리 헵번이 주연한 '로마의 휴일'이라는 영화로

세계적인 명소가 되었어요.

이 분수에 동전을 던지면 소원이 이루어지거나

언젠가 다시 로마에 오게 된다는 이야기가 있어

이곳을 찾는 여행자들은 꼭 소원을 빌고 간답니다.

129

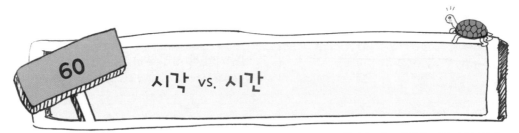

시각 vs. 시간

국어 3-1(5. 내용을 간추려요) 연계

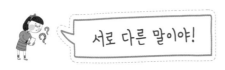

서로 다른 말이야!

시각

시간의 어느 한 시점이나 짧은 시간을 뜻해.

"산에 오르기 전에 해 지는 시각을 확인하고 출발하세요."

시간

어떤 시각에서 어떤 시각까지의 사이를 뜻해.

하루의 24분의 1이 되는 동안을 세는 단위로도 쓰여.

"게임을 하고 있으면 왜 이렇게 시간이 빨리 갈까요?"

"우리 아빠는 24시간 근무하고 24시간 쉬어요."

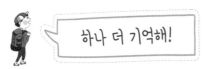

하나 더 기억해!

'시간을 때우다'는

남는 시간을 다른 일로 보낸다는 뜻이야.

나 부르는 거 아니지?

130

어리석은 하녀들과 수탉

옛날 한 부잣집의 마님은 새벽에 닭 울음소리가 들리면

곧장 하녀들을 깨워 일을 시켰어요.

하녀들은 꼭두새벽부터 일어나 일하는 게 큰 불만이었어요.

"마님이 이른 시각에 우리를 깨우는 건 모두 저 수탉 때문이야.

수탉만 없어지면 늦잠을 잘 수 있을 거야."

하녀들은 마님 몰래 수탉을 잡아먹어 버렸어요.

그런데 그다음 날부터 하녀들은 더 일찍 일어나야 했어요.

마님은 수탉의 울음소리가 안 들리자 시간을 알 수 없었어요.

그래서 날이 밝기도 전에 하녀들을 깨웠던 거예요.

131

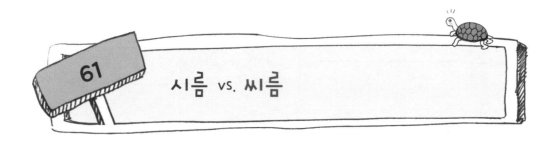

61 시름 vs. 씨름

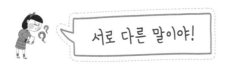

서로 다른 말이야!

시름

마음에 걸려 풀리지 않고 남아 있는 근심과 걱정을 뜻해.

"엄마는 전화를 끊고 나서 시름이 가득한 표정을 지으셨어요."

씨름

두 사람이 샅바를 잡고 승부를 겨루는 우리나라 전통 운동이야.

어떤 일을 해 내기 위해 온 힘을 쏟거나

끈기 있게 달라붙는다는 뜻도 있어.

"나무꾼은 도깨비와 씨름 한 판을 벌였어요."

"형은 지금 수학 문제와 씨름하고 있어요."

방망이 줄게
놀자!

재미있는 도깨비 이야기

우리나라 옛이야기에는 도깨비가 자주 등장해요.

이야기에 등장하는 도깨비들을 보면 이야기, 노래, 메밀묵,

막걸리, 씨름을 좋아하고, 붉은색을 아주 싫어했어요.

사람들에게 장난치는 걸 좋아하고, 간혹 내기를 걸기도 했어요.

도깨비와 밤새도록 씨름을 했는데 날이 밝고 보니

빗자루였더라는 옛이야기도 있어요.

옛날 사람들은 도깨비들의 장난스럽고 엉뚱한 이야기를 들으며

삶의 시름을 달랬대요.

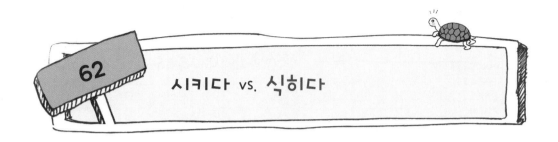

시키다 vs. 식히다

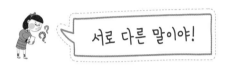

서로 다른 말이야!

시키다

남에게 어떤 일이나 행동을 하게 한다는 뜻이야.

"엄마가 옆집에 다녀오라고 심부름을 시키셨어요."

식히다

뜨거운 것을 차게 만든다는 뜻이야.

어떤 일에 대한 열정을 가라앉힌다는 뜻도 있어.

"죽이 뜨거우니까 식혀서 먹도록 해."

"아무도 내 음악에 대한 열정을 식힐 수 없어요."

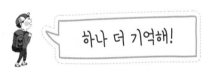

하나 더 기억해!

'식은 죽 먹기'는 뜨겁지 않아 술술 먹기 좋은 죽을 먹는 것처럼

'아주 쉽다'는 뜻이야.

새참은 간식이랑 비슷해

농촌에서는 농사일을 하면서 새참을 먹어요.

하루 세끼만으로는 힘든 농사일을 해 내기가 힘들거든요.

새참은 우리가 먹는 간식이랑 비슷해요.

보통 점심을 먹기 전이나 먹고 나서 한참 뒤에 먹어요.

새참으로는 국수나 간단한 밥과 나물, 상추쌈 등을 즐겨 먹어요.

막걸리를 곁들여 더위를 식히기도 해요.

예전에는 아이들에게 막걸리 심부름을 시키기도 했는데,

막걸리 주전자를 들고 오다 몰래 맛을 보기도 했대요.

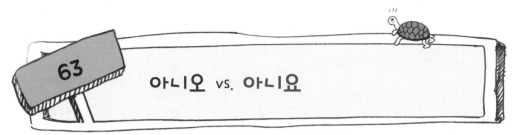

63 아니오 vs. 아니요

국어 3-1(7. 아는 것을 떠올리며) 연계

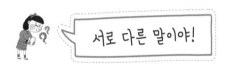

서로 다른 말이야!

아니오

어떤 사실을 부정하는 뜻으로,

'이것은 꽃이 아니오.'와 같이 한 문장의 서술어로만 쓰여.

"나는 절대 바보가 아니오."

아니요

윗사람의 부름에 대답하거나 묻는 말에 대답할 때 쓰는 말이야.

'예'의 반대말이지.

"내 질문에 '예', '아니요'로만 대답해."

진짜 늑대가 나타났어요!

양치기 소년과 늑대

양을 지키던 소년이 어느 날 장난을 쳤어요.

"늑대가 나타났어요! 늑대가!"

놀란 마을 사람들이 달려와 물었어요.

"늑대는 어디 갔니? 벌써 도망간 거니?"

"아니요, 늑대는 오지 않았어요. 제가 심심해서 장난을 쳤어요."

며칠 뒤에 소년은 또 장난을 쳤고, 사람들은 허탕을 쳤어요.

그러던 어느 날, 진짜 늑대가 나타나 양을 잡아먹기 시작했어요.

소년이 아무리 소리를 질러도 달려오는 사람이 하나도 없었어요.

"이번에는 거짓말이 아니오. 장난이 아니란 말이오!"

목이 터져라 외쳤지만

양들이 다 잡아먹힐 때까지

아무도 나타나지 않았어요.

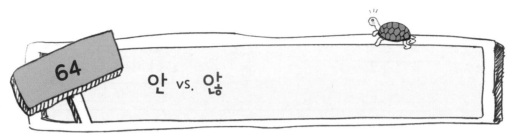

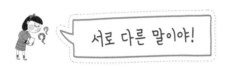

서로 다른 말이야!

안

부정이나 반대의 뜻을 나타내는 '아니'의 준말이야.

"음악 소리가 너무 커서 말소리가 잘 안 들려요."

않

'아니 하~'의 준말이야.

"똑같은 실수를 하지 않도록 노력할게요."

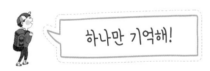

하나만 기억해!

'안'과 '않'이 헷갈리는 경우가 많아서 몇 가지 예문을 더 보여줄게.

"나는 오늘 저녁밥을 안 먹을 거예요."

"나는 오늘 저녁밥을 먹지 않을 거예요."

"오늘은 비가 안 온대요."

"오늘은 비가 오지 않는대요."

친구들 좀
불러올까?

잔꾀 부리다 혼난 당나귀

소금 자루를 등에 진 당나귀와 소금 장수가

시냇물을 건너고 있었어요.

당나귀가 실수로 돌에 걸려 넘어지자 소금이 물에 녹아

짐이 가벼워졌어요.

'오호라! 시냇물에서 넘어지면 이 고생 안 해도 되겠는걸.'

다음 날, 당나귀는 시냇물이 나타나자 얼씨구나 넘어졌어요.

화가 난 소금 장수는 다음 날에 솜 자루를 등에 실어 주었어요.

아무것도 모르는 당나귀는 시냇물이 나타나자 또 넘어졌어요.

그런데 어찌된 일인지 가벼워지지 않고 점점 더 무거워졌어요.

후에 솜 자루라는 걸 알게 된 당나귀는 잘못을 뉘우쳤답니다.

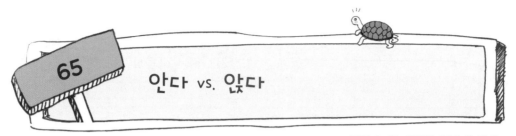

65 안다 vs. 앉다

국어 4-1(3. 문장을 알맞게) 연계

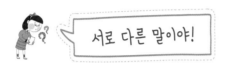

서로 다른 말이야!

안다

두 팔을 벌려 끌어당기거나 품 안에 둔다는 뜻이야.

"엄마가 동생을 안고 자장가를 불러 주셨어요."

앉다

윗몸을 바로 한 상태에서

엉덩이에 몸무게를 실어 어딘가에 몸을 올려놓는다는 뜻이야.

"저 의자에 앉아서 차례를 기다리도록 하세요."

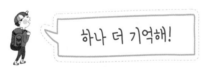

하나 더 기억해!

'앉은 자리에 풀도 안 나겠다'는

사람이 몹시 쌀쌀맞고 냉정한 경우에

비유적으로 쓰는 말이야.

설날에
세배 안 와서
화나셨던데요.

미켈란젤로의 피에타상

성모 마리아가 예수를 품에 안고

앉아 있는 조각상을 본 적이 있나요?

이 조각상이 바로 피에타상이에요.

'피에타'는 '자비를 베푸소서'라는 뜻을 가지고 있어요.

피에타상은 마리아가 예수의 죽음을 슬퍼하는 모습을 담고 있어요.

로마 산피에트로대성당 입구에 있는 이 조각상은

미켈란젤로가 25살에 만든 거예요.

다비드상, 모세상과 함께 미켈란젤로의 3대 작품으로 꼽힌답니다.

고향에 계신 어머니가 보고 싶어요.

효자시네요.

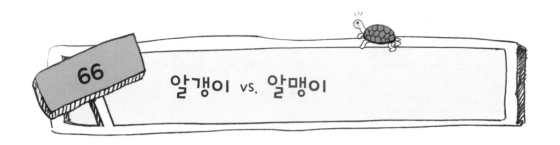

66 알갱이 vs. 알맹이

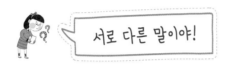

서로 다른 말이야!

🐰 **알갱이**

열매나 곡식 등의 낱알이나 작고 동그란 물질을 뜻해.

"옥수수의 노란 알갱이를 하나하나 떼어 냈어요."

🐰 **알맹이**

껍데기나 껍질 속에 들어 있는 것을 뜻해.

사물의 핵심이 되는 중요한 부분을 뜻하기도 해.

"노릇하게 구운 밤 알맹이는 아주 맛있어요."

"그 친구의 설명은 길었지만 알맹이가 없었어요."

강원도의 옥수수죽

산이 많은 강원도 지역에서는 옛날부터 옥수수를 많이 먹었어요.

옥수수는 굽거나 쪄 먹기도 하고,

알갱이를 가루 내어 죽을 만들어 먹기도 했어요.

옥수수죽, 옥수수풀때죽, 옥수수풀어죽 등 종류도 다양하답니다.

죽을 만들려면 물에 불린 찹쌀과 물 1컵을 넣고 믹서기에 갈아 줘요.

여기에 찐 옥수수 알갱이를 넣고 함께 갈아 냄비에 졸여요.

설탕과 소금을 조금씩 넣어 간을 맞추면 완성되는데,

여기에 밤 알맹이를 넣으면

더 맛있어진답니다.

난 식기 전에 먹어!

난 옥수수로 만든 건 뭐든 잘 먹어요!

내 알갱이가 몇 개인지 맞춰 볼래?

67 야위다 vs. 여의다

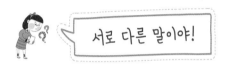

서로 다른 말이야!

🐰 **야위다**

살이 빠져 핼쑥해진 상태를 뜻해.

"감기 몸살을 며칠 앓았더니 조금 야위었어요."

🐰 **여의다**

부모나 사랑하는 사람이 죽어서 이별하는 것을 뜻해.

"선생님은 어렸을 때 어머니를 여의었대요."

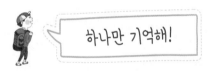

하나만 기억해!

'야위다'는 '살찌다'의 반대말이야.

심청이의 효심은 어디에서 왔을까?

옛날 어느 마을에 앞이 보이지 않는 심 봉사와 아내가 살았어요.

그런데 딸을 낳고 나서 아내가 자리에서 일어나지 못했어요.

아내를 여의고 홀로 남은 심 봉사는 젖동냥을 하러 다녔어요.

아이가 야위는 것 같아 마음이 아플 때마다 홀로 눈물을 흘렸지요.

그래도 딸 청이는 무럭무럭 예쁘게 잘 자랐어요.

아버지의 정성으로 자란 심청은 어려서부터 이런 생각을 했어요.

'아버지가 눈을 뜰 수 있다면 나는 무슨 일이든 할 테야.'

그 후 심청은 공양미 300석에 몸을 팔고 인당수에 몸을 던졌어요.

크나큰 효심에 감동한 용왕님이 연꽃에 태워 살려 보내자

심청은 임금님과 결혼해서 아버지를 찾게 된답니다.

얇다 vs. 엷다

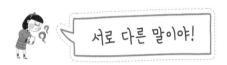

서로 다른 말이야!

얇다

두께가 두껍지 않다는 뜻이야.

"여름옷은 얇고, 겨울옷은 두꺼워요."

엷다

빛깔이 진하지 않다는 뜻이야.

지나치게 드러냄이 없이 있는 듯 없는 듯하다는 뜻도 있어.

"파란 물감에 물을 탔더니 엷은 파란색이 되었어요."

"선생님 얼굴에 엷은 미소가 떠올랐다가 금세 사라졌어요."

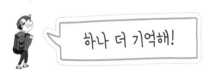

하나 더 기억해!

'얇디얇다'는 몹시 얇다는 뜻이야.

"이렇게 추운데 얇디얇은 티셔츠만 입고 나갔니?"

146

모나리자의 신비로운 미소

모나리자는 레오나르도 다 빈치가 그린 초상화예요.

무엇보다 모나리자는 눈썹이 없는 것으로 유명한데,

여기에는 몇 가지 이야기가 전해지고 있어요.

당시에 눈썹을 뽑는 것이 유행이었다는 이야기도 있고

미완성 작품이라는 이야기도 있어요.

모나리자의 미소는 많은 사람들의 마음을 사로잡고 있어요.

특히 얇은 입술 위에 웃는 듯 마는 듯 엷게 띤 미소는

신비로움과 기품이 넘쳐 오묘한 아름다움을 뿜어 낸답니다.

어떡해 vs. 어떻게

69

국어 4-1(1. 이야기 속으로) 연계

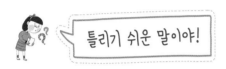

틀리기 쉬운 말이야!

어떡해

'어떻게 해'가 줄어든 말이야.

"내일 비가 오면 어떡해?"

어떻게

'어떠하다'가 줄어든 '어떻다'에 '~게'가 결합한 말이야.

"넌 여름방학 때 어떻게 지냈니?"

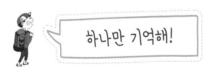

하나만 기억해!

문장 중간에 쓸 때는 '어떻게',

문장 끝에 쓸 때는 '어떡해'로 써야 해.

누가 고양이 목에 방울을 달까?

주인 집 고양이에게 시달리던 쥐들이 모여 긴급 회의를 열었어요.

"어떻게 하면 저 날쌘 고양이를 피해 다닐 수 있을까?"

한쪽 구석에 있던 쥐가 이렇게 말했어요.

"고양이 목에 방울을 다는 건 어때요?

방울 소리가 들리면 우리가 재빨리 피할 수 있잖아요."

그러자 나이 지긋한 노인 쥐가 말했어요.

"그런데 누가 가서 고양이 목에 방울을 달지?"

앞으로 나서는 쥐도 없고, 찍 소리도 나지 않았어요.

노인 쥐가 한숨을 내쉬며 말했어요.

"좋은 방법이 있으면 뭘 해. 용기 있는 쥐가 없는 걸 어떡해!"

그렇게 간단하니까 네가 갔다 올래?

몰래 가서 방울만 달고 오세요! 간단해요.

지나가는 개가 웃겠구나.

살짝 웃었는데 봤구나?

70 업다 vs. 엎다

국어 2-1(8. 보고 또 보고) 연계

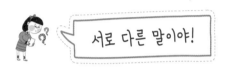

서로 다른 말이야!

업다

사람이나 동물을 등에 대고 손으로 붙잡거나

무언가로 동여매어 붙어 있게 한다는 뜻이야.

"우는 아기를 업었더니 울음을 뚝 그쳤어요."

엎다

물건 등을 거꾸로 돌려 위가 밑으로 향하게 한다는 뜻이야.

"씻은 그릇을 엎어 두면 물이 잘 빠진단다."

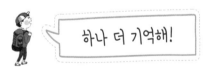

하나 더 기억해!

'업어 가도 모른다'는

잠이 깊이 들어 웬만한 소리나 일에

깨어나지 않는다는 뜻이야.

난 혼자서도
잘 놀아요.

아기 보는 소녀와 할머니

우리나라 현대화의 선구자인 박수근의 그림에는

아기를 업은 소녀가 자주 등장해요.

단발머리 소녀는 작은 포대기로 아기를 둘러업고 있어요.

일 나가는 엄마를 대신해 동생을 업어 키우는 누이는

엷은 미소를 머금고 있어요.

그래서 그림을 보노라면 가난했지만 가족에 대한 사랑이 넘치는

모습을 지켜보는 느낌이 들어요.

이 그림을 보신 할머니는 식구들이 작은 밥상에 둘러앉아

반찬을 먼저 먹으려다 그릇을 엎었던 일이 생각난다고 하셨어요.

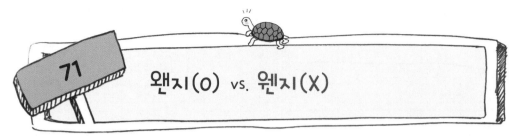

71 왠지(O) vs. 웬지(X)

국어 4-1(1. 이야기 속으로) 연계

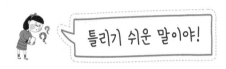
틀리기 쉬운 말이야!

'왠지'는 '왜 그런지 모르게' 또는 '뚜렷한 이유도 없이'라는 뜻이야.

"오늘은 왠지 좋은 일이 생길 것 같아요!"

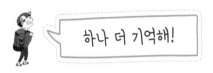
하나 더 기억해!

'웬'은 '어찌 된'의 뜻으로 쓰이고,
'정체를 알 수 없는'의 뜻으로도 쓰여.

"너는 웬 걱정이 이렇게 많니?"

"밤중에 웬 사이렌 소리일까요?"

'왜'는 '무슨 까닭으로' 또는 '어째서'의 뜻으로 쓰여.

"바닷물이 왜 짠지 알려 주세요."

만약에 뿔이 없었다면

사슴이 옹달샘에 비친 자신의 모습을 보며 말했어요.

"오! 내 뿔이지만 정말 아름다워!"

사슴은 왕관처럼 화려한 뿔이 무척 마음에 들었어요.

뿔을 더 자세히 보려고 물가에 가까이 다가섰더니

샘물에 비쩍 마른 다리가 비쳤어요.

"흠, 뿔은 이렇게 멋진데 깡마른 다리라니! 왠지 안 어울려."

그때 풀숲에서 사슴을 노리고 있던 사자가 순식간에 달려들었어요.

사슴은 잽싸게 잘 도망쳤지만 그만 나뭇가지에 뿔이 걸리고 말았어요.

결국 사슴은 뒤쫓아온 사자에게 잡아먹히고 말았답니다.

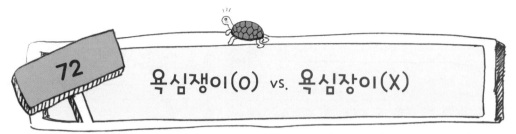

72 욕심쟁이(O) vs. 욕심장이(X)

국어 2-1(1. 아, 재미있구나!), 국어 3-1(5. 내용을 간추려요) 연계

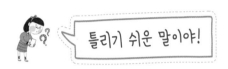

틀리기 쉬운 말이야!

'욕심쟁이'는 욕심이 많은 사람이라는 뜻이야.

비슷한 말로 '욕심꾸러기', '욕심보' 등이 있어.

"놀부는 심보가 고약한 욕심쟁이였어요."

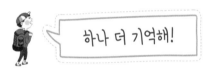

하나 더 기억해!

'~쟁이'는 '그런 성질이 많은 사람'이라는 뜻으로,

겁쟁이, 고집쟁이, 떼쟁이, 멋쟁이와 같이 써.

'~장이'는 '~을 다루는 기술을 가진 사람'이라는 뜻으로,

간판장이, 땜장이, 옹기장이, 칠장이와 같이 써.

154

욕심이 너무 컸어

며칠을 굶은 개 한 마리가 잔칫집에서 고깃덩이 하나를 얻었어요.

"아무도 없는 곳에 가서 혼자 먹어야지."

개는 고깃덩이를 입에 물고 가다가 강을 건너게 되었어요.

다리를 반쯤 건너다 밑을 내려다본 개는 깜짝 놀랐어요.

고깃덩이를 입에 문 개가 다리 밑에서 자신을 노려보고 있었거든요.

게다가 그 개의 고깃덩이가 자기 것보다 훨씬 더 커 보였어요.

화가 나서 컹컹 짖는 순간 고깃덩이는 물속으로 떨어지고 말았어요.

그제야 욕심쟁이 개는
물속에 비친 개가
자신이었다는
것을 깨닫고
후회했답니다.

73 웃 vs. 윗

국어 2-2(4. 어떻게 정리할까요?) 연계

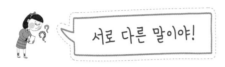
서로 다른 말이야!

웃

'아래'와 '위'의 대립이 없는 단어 앞에 붙어서

'위'라는 뜻을 더하는 말이야.

"웃어른을 공경하는 마음을 가져야 해요."

윗

'아래'와 '위'의 대립이 있는 단어 앞에 붙어서

'위'라는 뜻을 더하는 말이야.

"오징어를 먹는데 윗니가 갑자기 흔들렸어요."

하나 더 기억해!

'아랫니', '아랫도리', '아랫목'처럼

대립하는 말이 있는 경우는

'윗니', '윗도리', '윗목'이라고 써.

나도 배꼽
인사 하고
싶어요.

156

웃어른을 공경해요

우리나라 사람들은 예로부터 웃어른을 공경했어요.

어른에게는 공손한 태도로 인사를 드리고, 깍듯이 존댓말을 했지요.

요즘에도 버스나 지하철에서 보면

할머니 할아버지에게 자리를 양보하는 사람이 많아요.

집안에서도 어른이 외출하실 때는 문 앞까지 나가 인사를 드려요.

윗도리나 모자, 신발을 챙겨 드리기도 해요.

이처럼 웃어른을 공경하고 예의를 다하는 것은

우리나라 사람들이 가진 미덕이랍니다.

국어 2-2(3. 마음을 담아서), 국어 3-1(2. 문단의 짜임) 연계

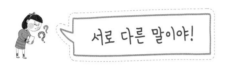

서로 다른 말이야!

이

사람의 입 안에 있는 기관으로 깨물거나 음식물을 씹는 역할을 해.

"아픈 이를 치료하려면 치과에 가야 해."

이빨

'이'를 낮추어 이르는 말로, 주로 동물에게 사용해.

"호랑이는 날카로운 이빨로 고기를 뜯어 먹었어요."

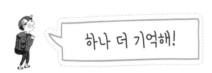

하나 더 기억해!

'이가 갈리다'는

몹시 화가 나거나 화를 참지 못해서 독한 마음이

생긴다는 뜻이야.

우리 사진 찍을까?

성게는 다 특이해

성게는 생김새가 밤송이처럼 생겼고,

입과 이빨도 특이하게 생겼어요.

캘리포니아대학교의 공학자와 해양생물학자로 구성된 연구팀은

성게의 특이한 입과 이빨 모양, 기능에 관심을 가졌어요.

그리고 그 생김새를 본떠 다른 행성에서 광물을 쉽게 채집할 수 있는

집게발 모양의 장비를 개발했어요.

성게의 입은 다섯 개의 휘어진 이빨과 이것을 움직이는 근육으로

이루어져 있어요.

성게는 이빨을 오므렸다 펼쳤다 하면서 해조류를 갉아 먹어요.

사람의 이와는 아주 많이 다르답니다.

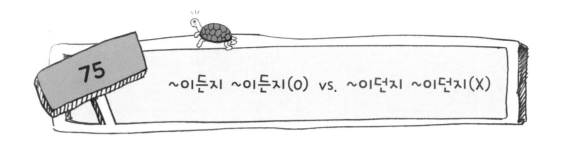

~이든지 ~이든지(O) vs. ~이던지 ~이던지(X)

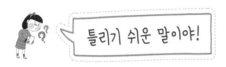

틀리기 쉬운 말이야!

나열된 동작이나 상태, 대상들 중에서
어느 것이 선택되든 상관없다는 말이야.
"빨간색이든 파란색이든 빨리 운동화를 고르렴."

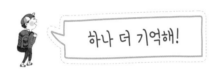

하나 더 기억해!

둘 중 하나를 선택해야 하는 의미는 '~든지'이고,
과거의 지나간 일을 말할 때는 '~던지'를 써야 해.
"주스를 마시든지 콜라를 마시든지 네 맘이야."
"영화가 얼마나 재미있었던지 팝콘도 안 먹고 나왔어요."

팔방미인이랑 미인은 달라?

우리는 운동이든지 공부든지 뭐든 잘하는 사람을

팔방미인(八方美人)이라고 해요.

팔방미인이란 '여덟 가지 방면에서 아름다운 사람'이라는 뜻이에요.

여기서 '아름답다'는 말은 단순히 아름답다는 게 아니라

여러 방면에서 뛰어난 재주를 갖추었다는 뜻을 가지고 있어요.

우리나라에서는 보통 상대방을 칭찬하는 말로 많이 사용해요.

이처럼 재주가 많은 사람을

순우리말로

'두루치기'라고 불러요.

잘난 척도
1등이네.

난 뭐든
1등이에요.
진짜예요.

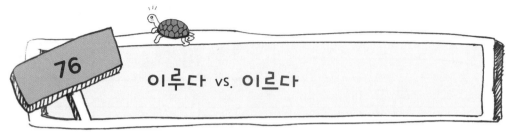

76 이루다 vs. 이르다

국어 2-2(2. 즐겁게 대화해요), 국어 4-2(1. 이야기를 간추려요) 연계

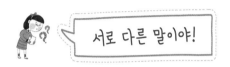

서로 다른 말이야!

🐰 **이루다**

뜻한 대로 되게 한다는 뜻이야.

어떤 상태나 형편이 된다는 뜻도 있어.

"내 소원을 이루어 달라고 달님께 기도했어요."

"캠핑을 떠나기 전날에 잠을 이루지 못했어요."

🐰 **이르다**

어떤 때나 정도가 기준보다 앞서거나 빠르다는 뜻이야.

어떤 장소나 시간에 다다른다는 뜻도 있어.

"학교에 가기에 너무 이른 시간 아니니?"

"약속 시간보다 빨리 기차역에 이르렀어요."

왜 잠을 못 주무세요?

나이가 들면 밤에 쉽게 잠을 이루지 못해요.

또 이른 새벽에 깨어나는 날도 많아요.

노인은 젊은이에 비해 평균 1시간 반을 적게 잔대요.

나이가 들면 활동량이 적어져서 에너지 소모가 줄어들어요.

사람은 주로 잠을 자면서 신체 기능을 회복하는데

그럴 필요성이 줄어드니 잠도 줄어드는 거래요.

우리는 아직 잠을 못 자면 어쩌나 하는 걱정을 하기엔 이르지만,

걱정거리가 생긴 날에는 자꾸 뒤척이게 된답니다.

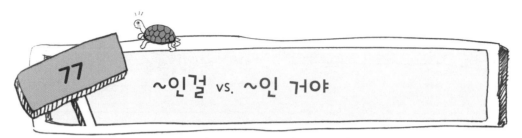

77

~인걸 vs. ~인 거야

국어 2-2(2. 즐겁게 대화해요), 국어 4-2(9. 시와 이야기에 담긴 세상) 연계

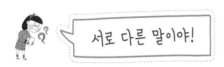

서로 다른 말이야!

~인걸

지나간 일에 대한 후회를 드러낼 때 쓰는 말이야.

"후회해 봤자 이미 끝난 일인걸."

~인 거야

'것이다'라는 단어를 대화에서 흔히 쓰는 말로 바꾼 거야.

"아무도 못 푼 문제를 푸니까 천재인 거야."

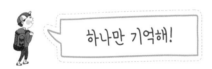

하나만 기억해!

'~인걸'은 붙여 쓰고

'~인 거야'는 띄어 써야 해.

제우스가 인간에게 준 선물

제우스는 새로운 동물을 만들 때마다 선물을 하나씩 주었어요.

사자에게는 들판을 신나게 달릴 수 있는 튼튼한 다리를 주고,

독수리에게는 하늘을 훨훨 날 수 있는 날개를 주었어요.

그런데 마지막으로 만든 인간에게는 벌거숭이 몸만 주었어요.

"왜 우리에겐 아무 선물도 안 주시나요?"

인간이 불만을 터트리자 제우스가 껄껄 웃으며 대답했어요.

"이미 너희에게 선물을 줬는걸. 그것은 바로 지혜라는 거야.

너희는 아무리 어려운 일이 닥쳐도 지혜로 이겨 나가게 될 거란다."

과연 지혜를 가진 인간은 사자도 이기고,

독수리도 이기면서 살 수 있었어요.

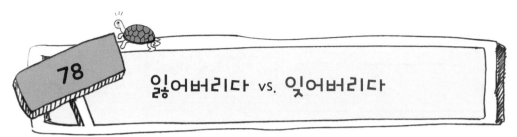

78

잃어버리다 vs. 잊어버리다

국어 6-1(1. 비유적 표현), 국어 6-1(3. 마음을 표현하는 글) 연계

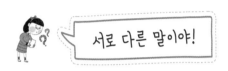

서로 다른 말이야!

잃어버리다

갖고 있던 물건이 없어져 아주 갖지 못하게 되었다는 뜻이야.

길을 아예 못 찾거나 방향을 구별하지 못하게 되었다는 뜻도 있어.

"학원에 가는 길에 지갑을 잃어버렸어요."

"산에서 내려오다가 길을 잃어버려 한참을 헤맸어요."

잊어버리다

한번 알았던 것을 기억하지 못한다는 뜻이야.

"방학 동안 수학 공부를 안 하더니 구구단도 잊어버렸구나."

나보다
말 안 듣는 애
첨 봤어.

166

판도라의 상자

제우스는 사람들에게 나누어 주려고 기쁨, 즐거움, 행복, 희망을

상자에 담아 두었어요.

제우스가 판도라에게 상자를 맡기며 경고했어요.

"이 상자의 뚜껑을 절대로 열지 말거라!"

하지만 판도라는 제우스의 말을 잊어버린 채 뚜껑을 열고 말았어요.

그 순간 상자 안의 것들이 하늘로 날아가 버렸어요.

판도라는 깜짝 놀라 뚜껑을 닫았어요.

그때 상자에서 미처 빠져나오지 못한 것이 바로 '희망'이에요.

그래서 훗날 인간이 어떠한 고난과 어려움에 시달리더라도

끝까지 희망은

잃어버리지 않게 되었답니다.

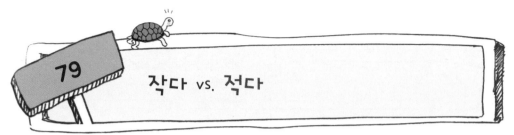

79 작다 vs. 적다

국어 3-1(6. 알맞게 소개해요) 연계

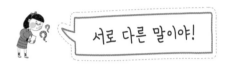

서로 다른 말이야!

작다
길이, 넓이, 부피 등이 비교 대상이나 보통보다 덜하다는 뜻이야.

정해진 크기에 모자라서 맞지 않다는 뜻도 있어.

"할머니가 사는 곳은 작은 바닷가 마을이에요."

"나는 작년보다 키가 커서 옷이 작아졌어요."

적다
수효나 분량, 정도가 일정한 기준에 못 미친다는 뜻이야.

"아침밥을 적게 먹었더니 배가 많이 고프네요."

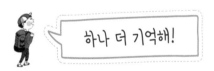

하나 더 기억해!

'작은 고추가 더 맵다'는

몸집이 작은 사람이 큰 사람보다 재주가 뛰어나고 야무지다는 뜻이야.

가죽장이의 욕심보

부자 영감의 옆집에 작은 가죽 공방이 생겼어요.

영감은 고약한 가죽 냄새를 견딜 수 없어 공방에 찾아갔어요.

"가죽 냄새 때문에 내가 살 수가 없다네.

자네가 이사를 간다면 은화 100닢을 주겠네."

'적은 돈은 아니야. 하지만 며칠 지나면 200닢을 부르지 않을까?'

욕심이 생긴 가죽장이는 이사 갈 생각이 없다고 딱 잘라 말했어요.

며칠이 지나도 영감이 오지 않자 가죽장이가 옆집에 찾아갔어요.

"생각이 바뀌었습니다. 은화 100닢을 주시면 이사를 가지요."

"아니, 그럴 필요 없네. 자꾸 맡으니까 냄새가 그리 나쁘지 않더군."

가죽장이는 자신의 지나친 욕심을 후회하며 돌아갔어요.

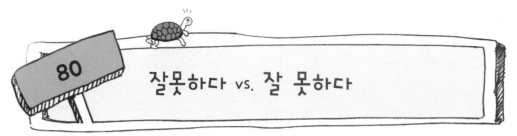

80 잘못하다 vs. 잘 못하다

국어 4-1(5. 서로 다른 느낌) 연계

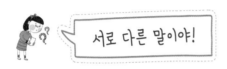

서로 다른 말이야!

잘못하다
틀리거나 그릇되게 한다는 뜻이야.

"제가 곱셈 계산을 잘못해서 문제를 틀렸어요."

잘 못하다
익숙하고 능숙하게 하지 못한다는 뜻이야.

"노래를 잘 못한다고 제가 음치래요."

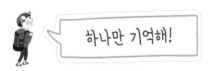

하나만 기억해!

능력이나 수준이 높지 않다는 뜻일 때는 '잘 못하다'고 써.

잘하지 못한다는 뜻이지.

그동안 꼬리에서 꾀가 나왔니?

꾀 많은 여우 한 마리가 잘못하여 덫에 걸렸어요.

여우는 간신히 덫에서 빠져 나왔지만 꼬리가 잘리고 말았어요.

여우는 뭉툭해진 꼬리가 부끄러워 외출도 잘 못했어요.

어느 날 좋은 꾀가 떠오른 여우가 친구들에게 말했어요.

"꼬리가 없으니까 걸리적거리지 않아서 정말 편해.

보기에도 멋지지? 너희도 불편한 꼬리를 잘라 버리는 게 어때?"

그러자 여우 한 마리가 비웃으며 말했어요.

"그동안 네 꾀는 모두 꼬리에서 나왔나 보구나.

그런 어리석은 말에 우리가 꼬리를 자를 거라고 생각했니?"

꼬리 잘린 여우의 얼굴이 시뻘개졌어요.

앞으로 토끼랑 놀면 되겠네.

꼬리가 뭉툭해서 뒤에서 보면 꼭 토끼 같아.

엉덩이 보여서 창피하잖아. 아냐?

의자에 앉을 때 진짜 편해. 거짓말 아냐.

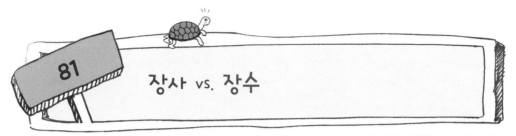

장사 vs. 장수

국어 4-2(6. 우리 말 여행을 떠나요!) 연계

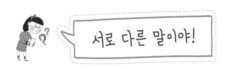

서로 다른 말이야!

🐰 **장사**

이익을 얻으려고 물건을 사서 손님들에게 파는 일이야.

몸이 아주 우람하고 힘이 센 사람을 뜻하기도 해.

"겨울이 되면 군고구마 장사가 잘 돼요."

"형은 힘이 좋아서 반에서 당해 낼 장사가 없대요."

🐰 **장수**

장사하는 사람을 뜻해.

"왕비는 사과 장수로 변장해서 백설 공주를 찾아갔어요."

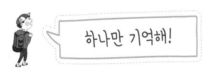

하나만 기억해!

물건을 파는 일은 '장사', 그 물건을 파는 사람은 '장수'라고 해.

뭐든 마음먹기에 달렸어요

두 아들을 둔 홀어머니가 있었는데, 아침마다 한숨을 쉬셨어요.

"아이고, 이렇게 맑으니 둘째네 장사가 안 되겠구나!"

둘째 아들이 우산을 파는 우산 장수였거든요.

"아이고, 비가 오니 우리 큰아들이 장사를 망치겠구나."

큰아들은 소금을 파는 소금 장수였어요.

어느 날 큰아들이 어머니에게 말했어요.

"오늘부터는 날씨가 맑으면 큰아들네 소금이 잘 팔리겠구나,

비가 오면 둘째네 우산이 잘 팔리겠구나 하세요.

그러면 어머니 기분이 날마다 좋지 않을까요?"

오호라, 어머니가

무릎을 치며

좋아하셨어요.

오전엔 비 오고 오후엔 화창하면 안 될까?

난 큰아들 편이에요. 어제 고기 줬거든요.

82 저리다 vs. 절이다

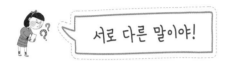
서로 다른 말이야!

저리다
뼈마디나 몸의 한 부분이 쑤시듯이 아프다는 뜻이야.

마음이 못 견딜 정도로 아픈 느낌이 든다는 뜻도 있어.

"쭈그리고 오래 앉아 있었더니 다리가 저렸어요."

"돌아가신 할아버지를 생각했더니 마음이 저렸어요."

절이다
채소나 생선에 소금기나 식초, 설탕 등이 배어들게 하는 일이야.

"김치를 담그려고 배추를 소금에 절여 놓았어요."

나 내일 시장으로 나간대!

축하해! 나도 곧 갈게.

할머니, 힘내세요

할머니께서 손발이 저리고 차갑다며 병원에 다녀오셨어요.

혈액 순환이 잘 안 되어서 그렇다고 하셨어요.

가끔 머리가 어지럽고 가슴이 답답한 것도 같은 이유래요.

할머니는 이부자리에 누우시며

몸이 마치 소금에 절인 배추처럼 기운이 없다고 하셨어요.

엄마는 할머니가 드실 생선이랑 견과류, 신선한 과일을 사 오셨어요.

나는 할머니가 꾸준히 운동하시도록

공원 산책을 함께하기로 약속했어요.

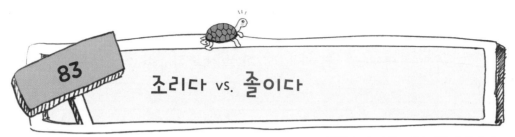

83

조리다 vs. 졸이다

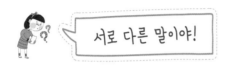

서로 다른 말이야!

조리다

양념을 한 고기나 생선, 채소 등을 국물에 넣고 바짝 끓여서

양념이 배어들게 한다는 뜻이야.

"오늘 엄마는 고등어와 무를 조려서 저녁상을 차리셨어요."

졸이다

속을 태우다시피 초조해한다는 뜻이야.

너무 오래 끓여서 국물이 거의 없어진다는 뜻도 있어.

"나는 가슴을 졸이며 시험지를 채점했어요."

"김치찌개를 오래 졸였더니 너무 짜네요."

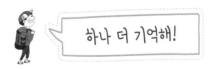

하나 더 기억해!

'조림'은 국물이 거의 없게 바짝 끓여서 만든 음식이고,

'볶음'은 볶아서 만든 음식이야.

고등어 조림, 연근 조림 vs. 야채 볶음, 멸치 볶음

176

연근 조림과 갱엿 만들기

밥상에 흔히 올라오는 연근 조림은 손쉽게 만들 수 있는 요리예요.

끓는 물에 연근을 데치듯 삶아 찬물에 한 번 헹궈요.

그리고 육수에 간장, 설탕, 물엿을 넣고 팔팔 끓이다가 연근을 넣고

조림장이 연근에 배어들 만큼 졸이기만 하면 돼요.

하지만 엿 만들기는 정성이 많이 들어가서 간단하지 않아요.

엿기름 가루를 녹인 물에 찹쌀밥을 넣어 따뜻한 곳에 두면

단맛이 나는 물이 돼요.

이 물을 솥에 붓고 오랜 시간 졸이면 갱엿이 만들어져요.

솥에 눋지 않도록 내내 주걱으로 저어야 해서 절대 쉽지 않답니다.

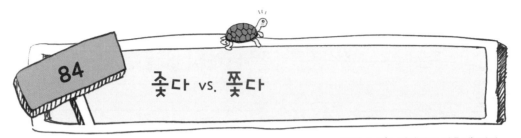

84

좇다 vs. 쫓다

국어 4-2(1. 이야기를 간추려) 연계

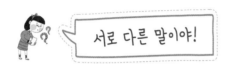

서로 다른 말이야!

좇다

목표, 이상, 행복 등을 추구한다는 뜻이야.

남의 말이나 뜻을 따른다는 뜻도 있어.

"성공만 좇다가는 중요한 것을 잃어버릴지도 몰라요."

"부모님의 의견을 좇아 장래 희망을 결정했어요."

쫓다

어떤 대상을 잡거나 만나기 위해 급히 따라가는 것을 뜻해.

"경찰차는 사이렌을 울리며 도둑을 쫓아갔어요."

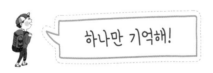

하나만 기억해!

눈에 보이지 않는 생각이나 말, 목표를 따를 때는 '좇다',

직접 뒤를 따라가는 행동은 '쫓다'라고 써야 해.

얼굴만큼 마음도 아름다웠던 오드리 헵번

세계적인 여배우 오드리 헵번은

부와 명예만 좇는 사람이 아니었어요.

그녀는 제2차 세계대전을 겪으면서 배고픔에 시달린 적이 있는데

유니세프의 전신인 국제구호기금으로부터 도움을 받았대요.

이 일을 계기로 헵번은 훗날 유니세프 활동을 하게 되었어요.

아픈 아이의 얼굴에 달라붙는 파리를 쫓아 주는 사진과

긴급 구호 활동을 펼치는 모습이 전 세계에 전해지기도 했어요.

"어린이 한 명을 구하는 것은 축복입니다.

어린이 백만 명을 구하는 것은

신이 주신 기회입니다."

헵번이 한 말은

전 세계 사람들의 마음을

움직였답니다.

너희와 함께하는 것은 신의 축복이란다!

아니요. 오늘은 요리 만들기 해요.

오늘은 부루마블 게임할까요?

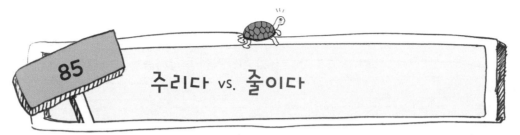

85 주리다 vs. 줄이다

국어 5-2(4. 글의 짜임) 연계

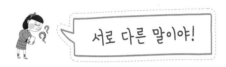

서로 다른 말이야!

주리다

제대로 먹지 못해 배를 곯는다는 뜻이야.

원하는 것을 얻지 못해 몹시 아쉬워한다는 뜻도 있어.

"아프리카의 아이들은 배를 주리고 있어요."

"엄마의 사랑에 주린 아이를 할머니가 정성껏 키웠어요."

줄이다

물체의 길이나 넓이, 부피 등을 본디보다 작아지게 한다는 뜻이야.

수나 분량이 본디보다 적어진다는 뜻도 있어.

"새로 산 바지가 너무 길어서 길이를 줄였어요."

"어버이날 선물을 사려고 군것질을 줄이고 있어요."

배부른 여우의 최후

며칠 동안 배를 주린 여우가 먹이를 찾아 헤매고 있었어요.

마침 나무 구멍 속에 양치기들이 숨겨 놓은 빵과 고기를 발견했어요.

여우는 구멍 속에 들어가 빵과 고기를 실컷 먹었어요.

그런데 나가려고 하자 배가 불러 나무 구멍을 빠져나갈 수 없었어요.

그때 지나가는 친구 여우가 있어 사정을 이야기했어요.

"아주 쉬운 방법이 하나 있어.

다시 굶어서 배 둘레를 줄이면 돼. 어때? 정말 간단하지?"

여우는 하나마나한 조언을 하고 히죽히죽 웃으며 사라졌어요.

배부른 여우는 나무 구멍에 앉아 배가 꺼지기만 기다리다가

결국 양치기들에게 붙잡혀 죽고 말았답니다.

지그시 vs. 지긋이

국어 5-2(1. 문학이 주는 감동) 연계

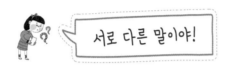

서로 다른 말이야!

지그시

손으로 가볍게 힘을 주거나 슬며시 누르는 것을 뜻해.

조용히 참고 견디는 모양을 뜻하기도 해.

"나는 떨고 있는 친구의 손을 지그시 잡아 주었어요."

"엄마는 지그시 눈을 감고 앉아 계셨어요."

지긋이

'나이가 비교적 많아 듬직하게'라는 뜻이야.

'참을성 있게 끈기 있게'라는 뜻도 있어.

"나이가 지긋이 들어 보이는 할아버지가 나타났어요."

"우리는 엄마가 부를 때까지 지긋이 앉아서 책을 읽었어요."

한의사는 진맥을 해요

한의학은 우리나라에서 옛날부터 전해 내려오는 의학이에요.

한의원이라고 하면 우리는 나이가 지긋이 든 한의사와

온갖 종류의 약재와 한약 냄새를 떠올려요.

한의사는 환자의 건강 상태를 알아볼 때 청진기를 사용하지 않고

손목의 맥을 짚어 진맥을 해요.

맥박을 지그시 누르면 빠르기와 강약 등을 느껴

심장과 혈관의 상태를 알 수 있대요.

맥박은 보통 성인이 1분에 60~80번 뛰고,

나이가 어릴수록 빨리 뛰어요.

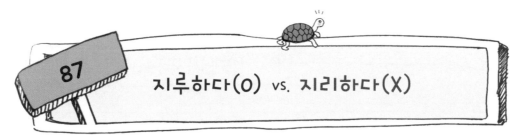

지루하다(O) vs. 지리하다(X)

국어 4-1(1. 이야기 속으로) 연계

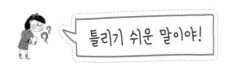

틀리기 쉬운 말이야!

'지루하다'는 시간이 오래 걸리거나 똑같은 상태가 오래 계속돼서
따분하고 싫증이 난다는 뜻이야.
"어제 본 영화는 생각보다 지루했어요."
"만화책을 보고 있으면 전혀 지루하지 않아요."

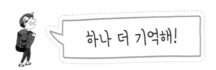

하나 더 기억해!

비슷한 말로 '지겹다'가 있어.
'지겹다'는 '넌더리가 날 정도로 지루하고 싫다'는 뜻이야.
'지루하다'보다 더 강한 뜻을 나타낸다고 할 수 있어.
"노는 것도 지겨울 수 있다는 걸 이번 방학 때 알았어요."

놀라운 마술의 세계

마술사가 펼치는 마술을 보고 있으면 지루할 틈이 없어요.

마술의 세계는 정말 놀라운 것 같아요.

몸을 꽁꽁 묶고 상자 속에 들어간 사람이 순식간에 탈출하기도 하고,

눈앞에 있던 코끼리를 순식간에 사라지게 만들기도 하거든요.

마술의 역사는 아주 오래되었어요.

인류의 문명과 함께 시작되었거든요.

고대 이집트에는 5,000년 전에 마술을 했던 기록이 남아 있고,

그리스 로마 시대와 중세 시대에도 여러 가지 마술이 행해졌대요.

밀랍으로 만든 악어를 진짜 악어로 살려내기도 하고,

머리가 잘린 소를 다시 살려내는 마술도 했다고 전해지고 있어요.

정말 마술사 이은결 친구예요? 사인 받아 주세요.

이번엔 코끼리를 사라지게 하겠습니다!

어쩌지. 연습 더 해야 하는데……

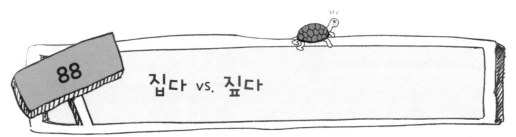

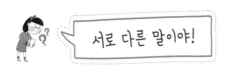

서로 다른 말이야!

집다

손가락이나 발가락, 젓가락 등으로 물건을 잡아서 든다는 뜻이야.

지적하여 가리킨다는 뜻도 있어.

"책상 위에 놓인 연필을 집어 필통에 넣었어요."

"형사는 여러 사람들 가운데 한 명을 범인으로 집었어요."

짚다

바닥이나 벽, 지팡이 등에 몸을 의지한다는 뜻이야.

"다리에 깁스를 해서 한 달간 목발을 짚고 다녀야 해요."

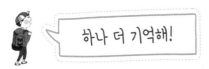

하나 더 기억해!

'짚고 넘어가다'는

어떤 일에 대해 따질 것은 따지고 넘어간다는 뜻이야.

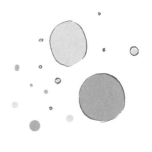

그때그때 다른 지팡이의 사용법

걷기가 불편한 노인이나 장애인은 지팡이를 짚으면

한결 가뿐하게 움직일 수 있어요.

지팡이는 시대에 따라 이용하는 사람과 쓰임새가 달랐어요.

근대 유럽에서는 신사들이 지팡이를 가지고 다녔어요.

옷을 아무리 잘 입어도 모자와 지팡이를 갖추지 않으면

다 차려 입은 것이 아니라고 여겼어요.

범인을 정확히 집는 명탐정 셜록 홈즈도 지팡이를 즐겨 들었어요.

홈즈의 것은 납을 채워 묵직하게 만든 호신용 지팡이였어요.

귀족 여성들이 지팡이를 사용하던 시대도 있었는데,

펜이나 오페라글라스를 넣거나 향수를 달고 다녔대요.

지난번에
이 지팡이로
범인을
잡았답니다.

할머니 지팡이를
잘못 가져갔대요.
바꿔 가래요,
멍멍.

패션의
완성은
지팡이

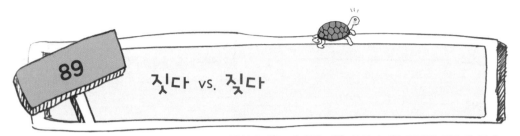

짓다 vs. 짖다

국어 2-2(7. 재미있는 말), 국어 4-1(3. 문장을 알맞게) 연계

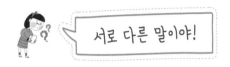

서로 다른 말이야!

짓다

재료를 써서 밥, 옷, 집 등을 만든다는 뜻이야.

어떤 표정이나 태도 등을 얼굴이나 몸에 나타낸다는 뜻도 있어.

"우리 엄마는 가족을 위해 맛있는 밥을 짓습니다."

"엄마는 무서운 표정을 짓고 야단을 치셨어요."

짖다

개가 소리를 낸다는 뜻이야.

"옆집을 지나가는데 갑자기 개 짖는 소리가 들렸어요."

조금 닮았어요, 깍깍!

개와 늑대의 조상은 같아

개는 사람을 웃음 짓게 하는 사랑스러운 동물이에요.

그런데 놀랍게도 개와 늑대는 조상이 같대요.

으스스한 소리로 짖는 늑대와 개가 조상이 같다니 믿기 힘들지요?

전 세계에 야생 늑대는 10만 마리도 되지 않지만,

개는 10억 마리가 넘는대요.

개는 늑대의 특징을 지니고 있지만

늑대의 본성을 잃어버리고 인간과 어울려 살아가는 동물이에요.

야생성을 포기하는 대신에 안락한 보금자리와

풍족한 음식을 얻은 것이지요.

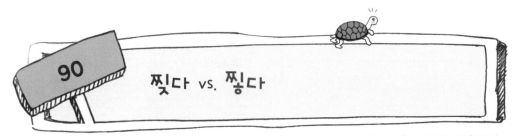

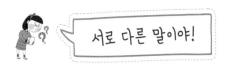

서로 다른 말이야!

찢다
물체를 잡아당겨 가르다는 뜻이야.

"동생이 내가 아끼는 만화책을 찢어 버렸어요."

찧다
곡식 등을 빻으려고 절구에 담아 공이로 내리치거나

무거운 물건을 들어 아래에 있는 물체를 내리친다는 뜻이야.

무엇과 무엇이 힘 있게 마주 닿는다는 뜻도 있어.

"참깨를 곱게 찧어서 나물 무침에 넣었어요."

"휴대폰을 보고 가다가 벽에 이마를 찧었어요."

190

낙랑 공주와 호동 왕자 이야기

고구려의 왕자 호동은 낙랑 공주와 사랑하는 사이였어요.

어느 날 호동 왕자가 낙랑 공주에게 부탁을 했어요.

"진정 나를 사랑한다면 자명고를 찢어 주시오!"

자명고는 낙랑국에 적이 쳐들어오면 스스로 울리는 북이었어요.

낙랑 공주는 자기 나라와 사랑 사이에서 괴로워하다가

자명고를 찢고 말았어요.

마침내 호동 왕자가 이끄는 고구려군이 낙랑국을 공격해 왔어요.

하지만 낙랑 공주는 이미 아버지의 칼에 맞아 죽은 후였어요.

호동 왕자는 머리를 찢으며 슬퍼했지만 아무 소용이 없었어요.

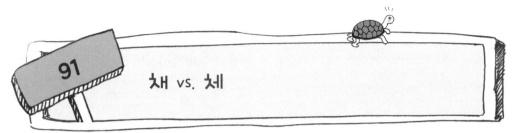

91 채 vs. 체

국어 2-1(8. 보고 또 보고), 국어 3-1(10. 생생한 느낌 그대로) 연계

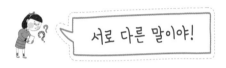

서로 다른 말이야!

채

'있는 상태 그대로'를 뜻해.

"부모님들은 강당에 신발을 신은 채 들어가도 됩니다."

체

그럴듯하게 꾸미는 거짓 태도나 모양을 뜻해.

"날 봤으면서 어떻게 모르는 체 고개를 돌릴 수 있니?"

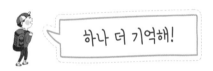

하나 더 기억해!

'체'와 '척'은 비슷한 말이야.

'잘난 척하다', '모르는 척하다'와 같이 쓸 수 있어.

탕평책과 탕평채

조선 후기의 신하들은 편을 가른 채 자기네 당의 이익을 위해

싸우는 일이 잦았어요.

영조는 더 이상 못 본 체 할 수 없었어요.

신하들이 밤낮없이 싸우고 있어 나라가 어지럽고

백성들의 삶이 힘들어진다고 생각했기 때문이에요.

그래서 각 당파에서 고르게 인재를 등용하는 탕평책을 생각해 내고,

신하들을 불러 모아 탕평채를 내놓았어요.

탕평채는 채를 썬 청포묵에 미나리, 숙주 등 여러 가지 채소를 섞어

무친 음식이에요.

여러 당을 골고루 섞어

정치를 하겠다는 뜻을

표현한 것이었답니다.

이제부터 이 음식처럼 인재를 뽑을 것이다!

그 유명한 백 선생이 만들었소!

조금만 남겨 줘요, 멍멍!

전하, 이 탕평채는 누가 만들었습니까?

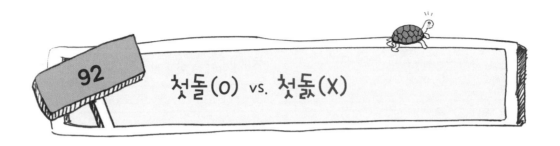

첫돌(O) vs. 첫돐(X)

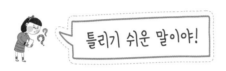

틀리기 쉬운 말이야!

'첫돌'은 아이가 태어나서 처음 맞는 생일을 뜻해.

"동생의 첫돌을 축하하기 위해 많은 사람들이 돌잔치에 왔어요."

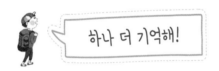

하나 더 기억해!

'돌'은 어린아이가 태어난 날로부터 한 해가 되는 날을 뜻해.

특정한 날이 해마다 돌아올 때, 그 횟수를 세는 단위로도 쓰여.

"동생이 태어난 지 벌써 두 돌이 되었어요."

"올해 개교기념일은 우리 학교가 세워진 지 30돌이 되는 날이에요."

형아,
떨리지?

돌잔치와 돌잡이

아기가 태어나 처음 맞는 생일을 첫돌이라고 해요.

'돌잔치'의 '돌'은 열두 달을 한 바퀴 돌았다는 뜻을 담고 있어요.

첫돌이 되면 친척과 친구들을 초대해 돌잔치를 열고,

다 함께 아기가 건강하게 잘 자라기를 빌어요.

돌잔치의 꽃은 뭐니 뭐니 해도 돌잡이예요.

여러 가지 물건들을 죽 늘어놓고 아기가 집게 하는 의식이랍니다.

돈, 실, 연필, 청진기, 책 등을 놓아두고 아기가 무엇을 집는지에

따라 앞으로 어떤 재능을 펼칠 것인지를 가늠하는 일이지요.

여러분은 돌잔치에서 무엇을 집었는지 알고 있나요?

부모님께 한번 여쭤 보세요.

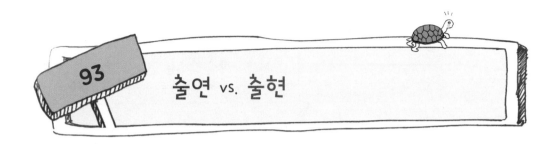

93 출연 vs. 출현

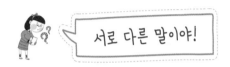

서로 다른 말이야!

출연

연기, 공연, 연설 등을 하기 위해 무대나 연단에 나간다는 뜻이야.

"언니가 학교 연극에서 주인공으로 출연하게 되었대요."

출현

어떤 물체나 사람 등이 나타나서 보인다는 뜻이야.

"서울 하늘에 UFO가 출현했다는 소문이 돌고 있어요."

최초의 인류, 오스트랄로피테쿠스

지구상에 처음으로 인간이 출현한 것은 약 250만 년 전이에요.

이때 최초의 인류인 '오스트랄로피테쿠스'가 등장했어요.

오스트랄로피테쿠스는 '남방의 원숭이'라는 뜻인데,

아프리카 남부 지방에서 살았던 것으로 추측되어 붙인 이름이래요.

오스트랄로피테쿠스는 우리처럼 두 발로 걸어 다니고,

간단한 도구를 만들어 사용했어요.

단역 배우처럼 텔레비전에 잠깐 출연했다가 사라지는 것이 아니라

오랜 시간을 두고 아주 조금씩 진화했답니다.

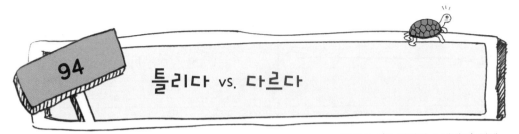

94

틀리다 vs. 다르다

국어 3–1(6. 알맞게 소개해요) 연계

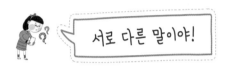

서로 다른 말이야!

틀리다

계산이나 일이 맞지 않거나 어긋났다는 뜻이야.

바라거나 하려는 일이 잘 되지 못했다는 뜻도 있어.

"열 문제 중에서 다섯 개나 틀렸단 말이야?"

"엄마 표정을 보니 이번에도 용돈 인상은 틀린 것 같아."

다르다

비교가 되는 두 대상이 서로 같지 않다는 뜻이야.

보통의 것보다 두드러진다는 뜻도 있어.

"둘이 쌍둥인데 왜 저렇게 다르게 생겼어?"

"박사님의 설명은 뭔가 다르네요."

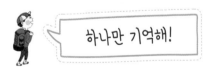

하나만 기억해!

'틀리다'는 '맞다'의 반대말이고,

'다르다'는 '같다'의 반대말이야.

고래와 상어는 무엇이 다를까?

고래는 상어와 비슷한 것 같지만 다른 점이 많아요.

상어는 '어류'가 맞지만 고래는 '어류'라고 말하면 틀려요.

고래는 새끼를 낳기 때문에 '포유류'예요.

고래는 물속에서 생활하기 좋도록 뒷다리가 사라졌고,

앞다리는 지느러미 모양으로 변했어요.

고래와 상어는 둘 다 물속에 살지만

생김새부터 번식하는 법까지 모두 다르답니다.

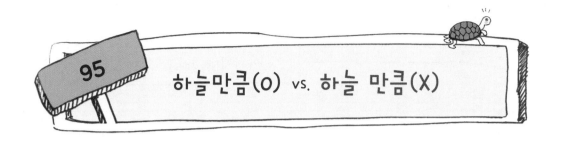

95 하늘만큼(O) vs. 하늘 만큼(X)

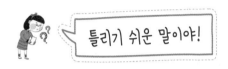

틀리기 쉬운 말이야!

'만큼'은 앞말과 같거나 비슷한 정도를 나타내는 말이야.

앞말에 '-은, -는, -을' 등이 올 때는 띄어 써야 해.

"나도 너만큼 줄넘기 할 수 있거든."

"아는 만큼 보인다더니 정말이네요."

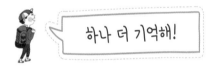

하나 더 기억해!

'정도'는 '만큼'과 비슷한 뜻을 가지고 있어.

'정도'는 수량을 나타내는 말 뒤에서 '그만큼가량의 분량'을 뜻해.

"도서관까지 걸어가려면 10분 정도 걸려요."

"우리 둘이 아이스크림을 사 먹으려면 4,000원 정도는 필요해."

바벨탑 이야기

구약성경의 '창세기'에는 바벨탑 이야기가 나와요.

바빌로니아 사람들이 모여 이야기를 나누었어요.

"탑 꼭대기를 하늘만큼 높이 쌓아서 우리 이름을 널리 알리지요."

이 사실을 알게 된 하나님은 사람들의 오만함을

경고해야겠다고 생각했어요.

그래서 그때까지 하나만 사용했던 언어를 혼란시켜

서로의 말을 못 알아듣게 만들어 버렸어요.

서로 말이 통하지 않게 되자 사람들은 일하기가 힘들어졌고,

끝내는 탑을 완성하지 못했어요.

결국 사람들은

여기저기로 흩어져

살게 되었답니다.

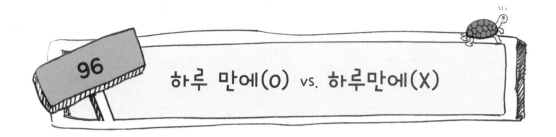

96 하루 만에(O) vs. 하루만에(X)

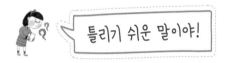

틀리기 쉬운 말이야!

동안이 얼마간 계속되었다는 것을 나타내는 말이야.

앞말과 꼭 띄어 써야 해.

"하루 만에 영어 단어를 50개나 외웠단 말이야?"

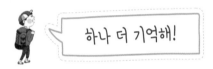

하나 더 기억해!

'만'이 동사의 뒤에서 쓰일 때는

앞말이 뜻하는 동작이나 행동에 알맞은 이유가 있음을 나타내.

앞말이 뜻하는 동작이나 행동이 가능함을 뜻하기도 해.

"형이 아끼는 공을 잃어버렸는데 화를 낼 만도 하지."

"그냥 모르는 척 살 만도 하더라."

하루살이의 인생이 얼마나 복잡한데

하루살이는 아주 짧게 살다 죽는다고 해서 붙은 이름이에요.

그런데 하루살이가 꼭 하루 만에 죽는 건 아니에요.

유충에서 성충이 되기까지 1년 가까이를 물속에서 살고,

성충이 되면 짧게는 하루, 길게는 일주일 정도를 살아요.

성충이 되어 물 밖으로 날아오른 뒤에는 번식을 하고,

인생을 마치게 된답니다.

하루살이의 성충은 입이 퇴화되어 아무것도 먹지 못해요.

그리고 하루살이의 천적은 작은 곤충을 잡아먹는 잠자리예요.

하루만 산다는 건 오해!

어릴 때 꿈은 대통령이었어요. 하루살이는 절대 아니었어요.

난 커서 뭐가 될까? 나비? 잠자리?

하루살이만 아니면 되지 뭐.

앗싸, 날개 나왔다! 비행기보다 빨리 날아야지.

하느님, 왜 우리는 입이 없나요?

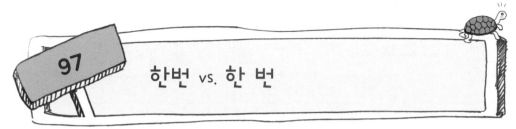

97 한번 vs. 한 번

국어 2-1(1. 아, 재미있구나!), 국어 4-1(9. 생각을 나누어요) 연계

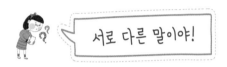
서로 다른 말이야!

한번
지난 어느 때나 기회를 뜻해.

어떤 일을 시험 삼아 시도하는 것을 뜻하기도 해.

"한번은 길에서 유치원 때 선생님을 만났어요."

"우리 반 대표로 제가 한번 나가 보겠습니다."

한 번
차례나 일의 횟수가 단 한 차례인 경우를 뜻해.

"한 번만 더 뛰면 엄마가 화낼 것 같아."

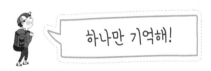
하나만 기억해!

'한번'을 '두 번', '세 번'으로 바꾸어 뜻이 통하면 '한 번'으로 띄어 쓰고,
그렇지 않으면 붙여 쓰면 돼.

낙타의 귀는 왜 작을까?

낙타가 길을 가다가 뿔이 우뚝 솟아 있는 황소를 보았어요.

'우와, 나도 저렇게 멋진 뿔을 한번 가져보고 싶어.'

낙타는 제우스를 찾아가 자신도 뿔을 갖게 해 달라고 빌었어요.

"너는 사막을 다니는 짐승이라서 뿔은 필요가 없단다.

대신에 너에게는 모래 위를 걸어 다닐 수 있는 튼튼한 발이 있잖니?"

제우스가 아무리 알아듣게 설명해도 낙타는 고집을 꺾지 않았어요.

"한 번 말하면 알아들어야지. 도대체 몇 번을 더 말해야 하느냐?"

화가 난 제우스는 말귀를 못 알아듣는다며 낙타의 귀를 잘라 버렸어요.

이것이 낙타의 귀가 작아지게 된 이유랍니다.

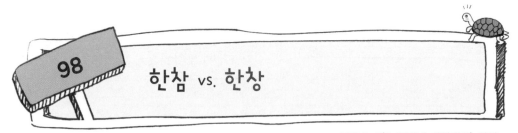

98 한참 vs. 한창

국어 2-2(2. 즐겁게 대화해요) 연계

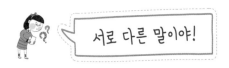

서로 다른 말이야!

한참

'오랜 시간', '시간이 꽤 지나는 동안'이라는 뜻이야.

"우리는 한참 뒤에야 사건의 진실을 알았어요."

한창

어떤 일이 가장 활기 있고 왕성하게 일어나는 때나 모양을 뜻해.

"지금 산에 가면 진달래꽃이 한창이래요."

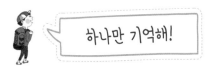

하나만 기억해!

'한참'과 비슷한 말은 '한동안'이야.

달팽이는 왜 집을 지고 다닐까?

제우스가 자신의 결혼 잔치에 동물들을 초대했어요.

잔치가 한창 무르익을 즈음, 제우스는 빈자리를 발견했어요.

"저 빈자리는 누구 자리인가?"

"달팽이 자리입니다."

이튿날 제우스는 달팽이를 불러 이렇게 물었어요.

"어제 어디가 아팠던 것이냐? 왜 잔치에 오지 않았느냐?"

한참을 망설이던 달팽이가 기어들어 가는 소리로 대답했어요.

"죄송합니다. 제가 집에 있는 것을 워낙 좋아해서……."

화가 난 제우스는 달팽이가 평생 등에 집을 지고 다니게

만들어 버렸답니다.

좋아하는 집이랑 함께 있는데 표정이 왜 그런 것이냐?

허리 부러지겠어요. 엉엉.

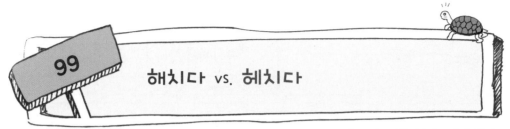

99 해치다 vs. 헤치다

국어 5-2(1. 문학이 주는 감동) 연계

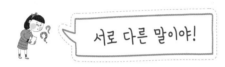

서로 다른 말이야!

해치다

상하게 하거나 해를 입힌다는 뜻이야.

사람이나 동물을 다치게 하거나 죽인다는 뜻도 있어.

"아파트 앞에 건물이 들어서서 경관을 해치고 있어요."

"아무도 널 해치지 않아."

헤치다

덮인 것을 파거나 젖힌다는 뜻이야.

"개가 앞마당을 다 헤쳐 놓았어요."

차라리
나한테
부탁하지.

늑대를 믿은 양치기

우거진 풀숲을 헤치고 늑대가 나타나자 양치기가 소리쳤어요.

"이 녀석, 썩 물러가지 못해?"

그러자 늑대가 아주 상냥한 목소리로 말했어요.

"나는 양들을 해치지 않아요. 가만히 보기만 할 거예요."

늑대는 정말로 얌전히 앉아서 구경만 했어요.

그런 날이 며칠 이어지자 늑대를 믿게 된 양치기가 말했어요.

"오늘 볼일이 좀 있는데 네가 양들을 좀 돌봐 주겠니?"

"아무 걱정 말고 다녀오세요. 제가 잘 돌보고 있을게요."

양치기가 자리를 떠나자

늑대는 양들을 모조리 잡아먹고 사라져 버렸어요.

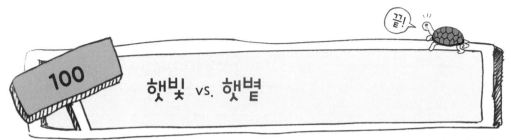

햇빛 vs. 햇볕

국어 2-1(10. 이야기 세상 속으로) 연계

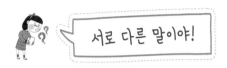

서로 다른 말이야!

햇빛

해가 내보내는 환한 빛을 뜻해.

"식물이 잘 자라려면 햇빛이 잘 들어야 해요."

햇볕

해가 내리쬐는 기운을 뜻해.

"비가 그치자 햇볕이 따갑게 내리쬐었어요."

하나만 기억해!

'햇빛'은 '비치다', '비추다'와 함께 쓰고,

'햇볕'은 '따사롭다', '뜨겁다'와 함께 써.

노래 연습도
좀 해.

우리 몸에도 햇빛이 필요해

우리 몸도 식물처럼 햇빛을 받아야 건강할 수 있어요.

햇빛을 충분히 받고 영양분을 잘 섭취하면 비타민 D가 만들어지고,

비만과 당뇨병의 위험도 줄일 수 있어요.

고만 박사는 햇빛이 우리 몸에 미치는 영향을 알아보기 위해

생쥐에게 고지방 식품을 먹인 후에 적당량의 자외선을 쬐게 했어요.

그랬더니 체중이 줄고 혈액 속 당 수치가 떨어지는 결과가 나왔어요.

우리도 몸의 건강을 위해 햇볕을 쬘 수 있는 바깥놀이를 즐겨야 해요.

이 맞춤법·띄어쓰기는
몇 학년 교과서에 나올까요?

어휘력 점프 5

이해력이 쑥쑥
교과서 맞춤법 띄어쓰기
100

초판 1쇄 발행 2016년 7월 25일
초판 15쇄 발행 2024년 3월 15일

글쓴이 한해숙
그린이 이예숙
펴낸이 김옥희
펴낸곳 아주좋은날
기획편집 이미숙
교정교열 용진영
마케팅 양창우, 김혜경

출판등록 2004년 8월 5일 제16-3393호
주소 서울시 강남구 테헤란로 201, 501호
전화 (02) 557-2031
팩스 (02) 557-2032
홈페이지 www.APPLETREETALES.com
블로그 http://blog.naver.com/appletales
페이스북 https://www.facebook.com/appletales
트위터 https://twitter.com/appletales1
인스타그램 @appletreetales
        @애플트리태일즈

ISBN 978-89-98482-96-1 (64810)
ISBN 978-89-98482-36-7 (세트)

아주좋은날 은 애플트리태일즈의 실용·아동 전문 브랜드입니다.

┌─ 어린이제품 안전특별법에 의한 기타 표시사항 ─────────────┐
│ 품명 : 도서 | 제조 연월 : 2024년 3월 | 제조자명 : 애플트리태일즈 | 제조국 : 대한민국 │
│ 사용연령 : 8세 이상 | 주소 : 서울시 강남구 테헤란로 201, 5층(02-557-2031) │
└──┘